AF435900

Soffermati e pensa

di Carlo Ferdico

Per informazioni sulle novità

www.carloferdico.it
info@carloferdico.it

Copyright © 2020 Carlo Ferdico

Tutti i diritti riservati. Sono vietati la traduzione, la riproduzione e l'adattamento totale o parziale, con qualsiasi mezzo.

ISBN 979-12-200-6844-4

Soffermati e pensa

Palermo, 20 giugno 2020

Prefazione

Vi siete mai chiesti cosa sta succedendo intorno a noi?

Cosa sta accadendo veramente?

Epidemie improvvise. Ponti che crollano. Attacchi terroristici. Manifestazioni contro il razzismo. Morti. Morti. Morti.

Il mondo si ribella. La natura si ribella come può.

A ogni azione corrisponde una reazione. E le nostre azioni, dove ci stanno portando? Siamo davvero pronti ad affrontare il mondo che stiamo preparando?

E, se non noi, come lo affronteranno i nostri figli?

Fermati, uomo. Finché sei in tempo. Fermati e rifletti.

Questo è l'unico mondo che abbiamo. Prendiamocene cura e lui si prenderà cura di noi.

Introduzione

A volte si è troppo presi da quello che ci circonda, quello che per noi è importante, al punto che si evita di guardare oltre la siepe.

A volte si potrebbe provare a chiedersi se quello che accade è vero o è una verità preconfezionata. Se quello che ci raccontano corrisponde alla realtà o si tratta di una storia di comodo.

Quante volte è accaduto di doversi ricredere su opinioni, certezze e verità.

Non tutto quello che i media ci propongono ha un fondamento logico e, a volte, neanche di genuinità.

Ma, alla fine, ascoltiamo, immagazziniamo e lasciamo che le notizie diventino vere. Perché è più facile accettare senza dubitare che porsi domande.

Ma senza domande, non si avranno mai le risposte. E continueremo a vivere di dolci bugie, incartate in accattivanti verità.

Carlo Ferdico

11 settembre 2001

Chi di voi non ricorda cosa stesse facendo? Chi di voi ha dimenticato lo sgomento e la paura davanti a quelle immagini?

Il terrore di chi commentava la notizia, le urla, le persone che si gettavano nel vuoto per sfuggire alle fiamme.

Chi di voi non ha pensato che fosse la fine?

Terroristi. Un'unica parola riecheggia ancora nella mente. Una sola parola che ci accompagna da anni insieme alle immagini scolpite nella mente. L'aereo che colpisce la prima torre e poi la seconda, i due edifici che si accartocciano, si inginocchiano, come si arrendessero all'evidenza dell'impotenza dell'umanità.

Io lo ricordo. Come si può dimenticare. E ricordo dov'ero. In casa, davanti alla tv.

Rammento di essere stato infastidito dall'improvvisa trasmissione su tutte le reti dell'immagini. Non avevo ancora compreso. Quando l'ho fatto, impotente come quelle due torri, mi sono abbandonato sul divano e sono rimasto a fissare quelle immagini. Incapace di comprendere. Incapace di rispondere all'unica domanda che prepotentemente prendeva vita dentro di me: perché?

Wuhan

E' una ridente città nel centro orientale di Hubei, alla confluenza del fiume Han, che scorre nello Yangtze, e la attraversa.

Wuhan, in realtà, è un insieme di città e deve il nome alle lettere inziali di queste (Wu da Wuchang e Han da Hankou e Hanyang).

La città si trova adagiata in una vallata chiusa dalle colline e ha un centro metropolitano che conta le migliori strutture del territorio ed è circondata da industrie e centri di ricerca, scientifici e tecnologici.

Affacciandosi alla finestra di uno degli imponenti grattacieli, è possibile ammirare la sconfinata distribuzione architettonica e la modernità di una città divisa in due da un fiume che ne separa la vallata. Alle spalle, le colline formano una cornice surreale a questi palazzi illuminati di notte e decorati dal riflesso del panorama di giorno.

Poco fuori si trovano i complessi industriali, quasi nascosti per non inquinare l'immagine gioiosa di questa metropoli che molti non credono possa esistere in terra asiatica.

Passeggiando per Wuhan, si ha l'impressione di essere in una delle città metropolitane che si vedono nei telefilm americani. Dove tutto è possibile e dove tutto si può fare.

Ma nei bassifondi di una metropoli degna di Hollywood trovano dimora i wet market, che riportano questa modernità nelle pagine di un libro patinato e mostrano l'irrinunciabile bisogno di mantenere vive le usanze del luogo. Ed è proprio di qua, da uno dei mercati più popolari, che parte una minaccia fantasma per l'intera umanità. Di qua, tra mercanti di carni e pesci e mercanti di carne 'viva', prenderà il via la più grande pandemia mai vista dopo la Spagnola del 1919.

Il medico cinese

Li si voltò verso il tavolo e cercò la cartella scarabocchiata a mano dal suo giovane collega. Qualcosa non tornava in quello che aveva notato. L'ennesimo paziente con gli stessi sintomi, gli stessi dolori e le stesse difficoltà respiratorie. Controllò le cartelle e si rese conto che le coincidenze non si fermavano ai sintomi. Tutti i pazienti che li presentavano provenivano dalla stessa area: la zona del mercato di Wuhan.
Raccolse le cartelle e le portò nel suo studio e cominciò a studiarle sempre più interessato. Nessuno di loro aveva mostrato un miglioramento con i farmaci, anzi, molti cominciavano a non poter respirare senza un aiuto esterno. Riesaminò i dati, le terapie, la storia clinica e si rese conto di quanto quei casi somigliassero ai casi di SARS verificatisi anni prima.
Sconvolto dalla scoperta, inviò un messaggio ai suoi colleghi allertandoli e chiedendo loro di utilizzare tutte le precauzioni del caso.

Pochi giorni dopo rispose al telefono, ancora sconvolto per la situazione e all'altro capo lo invitarono a ritrattare quanto comunicato ai colleghi. Li insistette sulla propria linea, chiedendo di verificare loro stessi, di non sottovalutare il problema. Temeva ci sarebbero stati centinaia di morti se la cosa non fosse stata arginata, ma il Governo fu inamovibile. Una simile notizia poteva scatenare il panico e confondere i cittadini. Doveva smetterla di continuare su quella linea, doveva ritrattare. Ma il messaggio, ormai, aveva preso la via di fuga e si stava diffondendo a macchia d'olio, nonostante gli sforzi per arginare le notizie.

Li ritornò ai suoi pazienti, nella convinzione che nulla potesse impedire che il fatto divenisse di dominio pubblico. Aveva in mano le prove ed era testimone di un focolaio che aveva tutta l'aria di non poter essere spento.

Il Governo, temendo il caos, incaricò la polizia di Wuhan di intervenire nella questione smentendo la notizia. La stessa polizia emise un comunicato ufficiale, convocando i diffusori di menzogne tra i quali figurava anche Li.

Il giovane medico si ritrovò di fronte agli ufficiali con la certezza che quello che stava accadendo non poteva essere celato, ma, nonostante questo, venne costretto a firmare una dichiarazione nella quale si impegnava a non diffondere notizie false, pena l'arresto. Venne poi invitato a tornare al suo lavoro evitando di parlare ancora dei casi sospetti e delle sue teorie.

Pochi giorni dopo, Li Wenliang, il giovane oculista cinese trentatreenne, avvertì i primi sintomi di quella che aveva indicato come simil-SARS. Iniziò a tossire e ad accusare difficoltà respiratorie tali da dover essere ricoverato, egli stesso, in ospedale.

Spaventato da quello che stava accadendo e certo di non sbagliarsi, decise di ignorare l'ammonimento firmato e invitò la stampa perché potesse raccogliere la sua verità.

Ai giornalisti spiegò che la polmonite aveva contagiato anche lui. Che quella era l'occasione per dimostrare che la SARS stava tornando. Dichiarò che la sua malattia non aveva colpito solo lui, ma tutti quelli che aveva incontrato, colleghi e familiari. Anche loro ricoverati in gravi condizioni presso la stessa struttura.

Il giovane medico non poteva sapere che non si trattasse di SARS, ma di qualcosa di nuovo che si stava trasmettendo rapidamente di persona in persona: quello che stava accadendo sarebbe stato in grado di cambiare profondamente il mondo intero esponendolo, nuovamente, a una piaga potenzialmente letale dalla quale si sarebbe usciti con non poca difficoltà.

Seina Weibo (social network cinese) diventò incandescente, le persone iniziarono a leggere dell'oculista, della sua storia e della falsa notizia diffusa che stava diventando sempre più reale. Le persone si stavano ammalando, la diffusione progrediva a vista d'occhio e i pazienti cominciavano a morire a decine.

L'opinione pubblica, trasformò, poco a poco, Li Wenliang da bugiardo criminale, come accusato dal Governo, a eroe nazionale.

I messaggi di sostegno divennero un fiume imponente in grado di sovrastare ogni tentativo del regime di fermare l'onda di piena che avrebbe travolto ogni civiltà del pianeta.

Solo allora, qualcuno si decise ad ammettere il problema e a comunicare la notizia al mondo intero.

La doppia morte di Li Wenliang

Li Wenliang, nacque 12 ottobre 1986. Studiò e divenne medico, un medico oculista. Poco avvezzo a visitare e curare pazienti da Pronto Soccorso, poco preparato, forse, ad affrontare una nuova epidemia che lui stesso indicò come SARS.

Fu lui a dare il primo allarme sulla diffusione del Coronavirus. Ma questo rimase inascoltato, anzi, proprio a causa dei suoi messaggi venne redarguito dalla Polizia, interrogato, accusato di diffondere notizie false e costretto a firmare una dichiarazione.

Il South China Morning Post, dichiarò la sua morte il 7 febbraio 2020, come appreso da comunicato dell'ospedale di Wuhan, dove il medico era ricoverato per aver contratto la malattia che lui riteneva essere una SARS.

Dopo l'annuncio del decesso, confermato dall'Oms, la notizia venne smentita dall'ospedale dove il medico era ricoverato; parlavano invece di un arresto cardiaco e del trasferimento in rianimazione.

Molti non hanno creduto alla smentita accusando le Autorità di avergli impedito di parlare e, in seguito, anche di morire.

Giunse, poi, l'annuncio ufficiale della sua morte da parte di quello che è considerato l'organo del Partito Comunista cinese, il Quotidiano del Popolo.

Il mistero che ha avvolto gli ultimi giorni del medico racchiude il nucleo dei sospetti su errori e mancanze delle Autorità di Wuhan in occasione della prima diffusione del virus. Si aggiunge a questo, il dato di un caso ufficiale di malattia polmonare, risalente all'8 dicembre, a cui sono seguiti altre decine di casi di pazienti, tutti transitati dal "mercato umido" di Wuhan.

A fine dicembre un gruppo di medici ha cominciato a porsi delle domande, scambiandosi informazioni in rete. Il leader di questo gruppo era il medico di Wuhan Li Wenliang, il quale aveva collegato alle misteriosi polmoniti il virus della SARS del 2003

La domanda è perché non sia stato ascoltato. Perché il Governo Cinese abbia censurato tutto quando, forse, sarebbe bastato un comunicato a evitare centinaia, se non migliaia di vittime.

Le risposte non le abbiamo e, forse, non le avremo mai.

La scommessa

Nel novembre del 2019 l'Hedge Fund Bridgewater, di Ray Dalio, aveva puntato 1,5 miliardi di dollari sul crollo generalizzato delle Borse nel mese di Marzo. Come potevano prevedere un crollo in quel periodo?

Una mossa definibile quasi profetica. Infatti tra la fine del 2019 e l'inizio del 2020 dalla Cina è partita una nuova epidemia che ha praticamente messo in ginocchio l'economia mondiale.

I mercati azionari sono ripetutamente crollati, nell'arco di due soli mesi hanno bruciato miliardi e miliardi di dollari, esattamente come previsto da Bridgewater. Il fondo USA sapeva del Coronavirus? Nessuno poteva prevedere un'epidemia che poi si è evoluta in pandemia. Nessuno tranne Bridgewater?

In realtà, la scommessa non è stata in grado di proteggere il principale hedge fund dell'impresa da forti perdite, con un crollo del 13% nel mese di marzo.

Tutto il mondo combatte contro la pandemia e qualcuno prova a guadagnarci. Prova a guadagnarci puntando ben 14 miliardi di dollari su un altro crollo delle Borse in Europa.

Bridgewater fa la sua puntata con la tecnica delle vendite allo scoperto, vendendo titoli senza possederli con l'impegno di acquistarli e consegnarli in una data scelta al momento dell'acquisto. Se il prezzo scende, il titolare della vendita guadagna sulla differenza. Ma questo spinge verso il ribasso dei titoli.

Ma la Consob vieta per tre mesi questo tipo di vendite per le azioni sul mercato regolamentato italiano. Le stesse misure sono state adottate in Spagna, Francia e Belgio.

Speculare sulla vita altrui dovrebbe essere un reato, un reato condannato e punito.

E, invece, succede. Sempre più spesso e sempre più alla luce del sole. Nessuno se ne occupa, se non quando la cosa è così palese da non poter essere celata. Ma la punizione, spesso, è una bacchettata sulle mani con la raccomandazione di non farlo più. Ricordate quando da bambini la mamma vi sorprendeva con le mani nella marmellata, o nel cioccolato per i più giovani? Quanto sorridevate alla sua raccomandazione di non farlo più? E l'avete mai ascoltata? Ecco!

Il virus fuggitivo

In corso di epidemia di Covid-19, stanno circolando voci secondo le quali il nuovo Coronavirus, responsabile della malattia, Sars-CoV-2, sia sfuggito al controllo dei ricercatori in un laboratorio di Wuhan dove sarebbero stati effettuati esperimenti sul Coronavirus presente nei pipistrelli. Si è parlato anche di virus mutati geneticamente allo scopo di produrre un'arma biologica.

Per tutta risposta, Zhao Lijian, portavoce del ministero degli Esteri di Pechino, insiste che il virus non sia sfuggito al controllo dei ricercatori cinesi ma che sia stato un soldato statunitense ad averlo portato in Cina, nel corso di una missione, guarda caso, proprio a Wuhan. Sempre secondo questa ipotesi, trecento atleti delle forze armate statunitensi, che hanno partecipato ai Military World Games a Wuhan, sarebbero stati infettati dal virus e, gli stessi soldati, lo avrebbero diffuso a Wuhan.

Dubbi, domande, sospetti. Quello che manca sono le certezze.

Un altro portavoce cinese, Geng Shuang ammette che ci siano diverse opinioni riguardo alla diffusione della pandemia ma aggiunge che il mondo dovrebbe essere unito nella battaglia invece di scambiarsi accuse.

In ultimo, Hua Chunying sottolinea che è assolutamente sbagliato e inappropriato parlare di Coronavirus cinese.

Siamo alle solite. E' colpa mia, no è colpa tua, e nessuno si assume le proprie responsabilità.

Una società che non riesce a controllare cosa accade e dove non può aspettarsi altro che questo.

Andrebbe posto un punto fermo, andrebbero controllati i movimenti e le attività dei centri di ricerca e, invece, si demanda all'estero. Dove costa meno, dove i controlli non sono così severi come dovrebbero essere. Dove basterebbe un gattino randagio a causare una pandemia, per aver rovesciato la provetta sbagliata. Apriamo gli occhi. Questo non è progresso, questo è un attentato alla vita dell'intera umanità.

Dove non arriva la natura, arriva l'uomo.

Considerando la capacità del Sars-CoV-2 di effettuare il salto di specie, probabilmente a doppio ospite intermedio (pipistrello-pangolino), quello che spaventa è l'ingegnerizzazione del genoma virale di virus animali, con l'inserimento di geni appartenenti ad altri virus, allo scopo di studiare gli eventuali possibili salti di specie dall'animale all'uomo, la loro virulenza e la capacità di diffondersi nella popolazione.

Questa ricerca, risulta essere pericolosa sia per la poca dimestichezza con le nuove 'creazioni', sia per i controlli insufficienti. Spesso, queste ricerche, vengono svolte in strutture militari, secretate per sicurezza nazionale o finanziate con fondi pubblici, nonostante, una insufficiente, o addirittura assente, valutazione del rischio.

Con l'attuale pandemia, la questione della ricerca GoF torna alla ribalta, ricordando un esperimento del 2015, la cui sintesi venne pubblicata sulla rivista internazionale Nature Medicine che ne riportava i risultati. I ricercatori avevano creato un virus chimera, nato da un Coronavirus del pipistrello e una variante di quello responsabile della SARS umana, che era in grado di infettare le cellule delle vie respiratorie umane. Tra gli autori figuravano ricercatori statunitensi e ricercatori cinesi di un laboratorio di Biosicurezza e patogeni speciali situato proprio a Wuhan.

Secondo la rivista questo è un centro dove vengono studiati i patogeni più pericolosi al mondo.

E' un caso che proprio da Wuhan sia partita l'epidemia, sfociata in una pandemia globale?

Nel 2015 i virologi avevano considerato che tali esperimenti non fossero necessari per il progresso medico e Simon Wain-Hobson, virologo all'Istituto Pasteur di Parigi, Francia, aveva affermato che se fossero sfuggiti al controllo sarebbe stato impossibile prevederne la diffusione.

Mentre Hobson aveva sottolineato poi quanto quel virus fosse in grado di proliferare efficientemente nelle cellule umane.

Appunto. Un virus non è in grado di creare una superinfezione e noi che facciamo? Gli insegniamo a farlo. Furbi? No, incoscienti. Incoscienti soprattutto perché se crei un supervirus, almeno accertati di avere i mezzi per fermarlo.

O forse i mezzi ci sono ma ci guardiamo bene dall'ammetterlo perché non vogliamo essere scoperti?

USA

Quando il virus comincia a diffondersi negli States, i medici americani si fanno trovare impreparati sia dal punto di vista tecnico che da quello relativo alle terapie farmacologiche, cosa che il dottor Rashid Buttar critica ferocemente, attaccando Anthony Fauci, tecnico del Presidente Donald Trump.

Il Dr. Buttar sostiene che da tempo fossero presenti dei protocolli inerenti la modifica chimerica del Coronavirus già dal 2014 e che negli Stati Uniti si fosse già a conoscenza della pericolosità correlata a questo tipo di ricerca, come pubblicato sulla rivista Nature nel 2015. Lo stesso medico, continua parlando degli studi che, secondo lui, si sono tenuti presso l'Università del North Carolina, sospesi a causa di una moratoria del Governo Americano, che ne giudica il potenziale rischio troppo elevato e che esporrebbe a possibili conseguenze devastanti in caso di fallimento delle misure di sicurezza. Questo ragionamento del Governo si fa risalire alle potenziali conseguenze negative correlate con tutte le ricerche chimeriche.

Chimerivirus

Ma cos'è un virus chimera? Perché non si sente mai parlare di esperimenti e di cosa succede nei laboratori di ricerca? Perché quando, poi, le cose sfuggono di mano tutti parlano di complotto, ma nessuno ha una risposta? Proviamo a rispondere insieme.

Un virus chimera, per capire, altro non è che un virus naturale nel quale si inserisce una modifica genetica, quindi viene definito un nuovo microorganismo ibrido. Si definisce tale quando lo si ottiene unendo frammenti di acido nucleico provenienti da due o più microrganismi differenti, dei quali almeno uno contenga i geni necessari alla replicazione. Tutto questo, ha lo scopo di modificare la conformazione di un virus nel tentativo di aumentarne le funzioni (che poi queste siano letali o benefiche, resta tutto da discutere).

Il medico sostiene che quello che si va a cercare di incrementare è qualcosa che di per sé stesso sarebbe già un potenziale pericolo. Potenziando il pericolo, si potenzia, di conseguenza, il danno. Un virus che non è in grado di penetrare la membrana di una cellula, ma che quando lo fa diventa mortale. Se lo si rende in grado di superare la barriera, diventa una macchina assassina.

Da quanto si legge, la teoria sarebbe che, utilizzando una stringa SHC014 del Coronavirus (antigene di superficie), inserita in un virus SARS, unita al virus dell'HIV e, infine a geni di MERS, si sia cercato di incattivire un virus già di per sé potenzialmente letale, determinando risultati devastanti.

Il dito puntato

Il Dr. Buttar attacca Fauci per il fatto di aver finanziato gli studi interrotti dalla moratoria negli Stati Uniti e di avere spostato la ricerca in tal senso in terra Cinese, in violazione alla legge, dopo che esperti del settore avevano considerato che non vi fosse giustificazione al proseguimento di questi esperimenti, dichiarandoli troppo pericolosi e insensati.

Il finanziamento non si è fermato ed è giunto, attraverso la National Institute of Health, in Cina allo scopo di proseguire questi esperimenti fino alla deflagrazione della bomba: l'esplosione della pandemia.

A Fauci si attribuisce, anche, una dichiarazione del 2017 in cui affermava che il Presidente Trump si sarebbe dovuto confrontare con una pandemia. Come faceva a sapere?

La domanda dei giornalista appare quasi inutile, come se non ci fosse bisogno di porla. Chiedono se sia Fauci, allora, il responsabile diretto della pandemia e della disoccupazione di milioni di persone.

La risposta potrebbe trovarsi nelle affermazioni del Dr. Buttar, nell'ipotesi (o certezza?) del 'tradimento' e della violazione della legge da parte di Fauci.

Lo stesso Fauci che, nel 1981, chiamava l'HIV la malattia dei gay e che ha finanziato un farmaco per una malattia che ancora non era stabilito fosse provocata da un virus. Questo accadde solo tre anni dopo, nel 1984.

Le cure, ci sono? No. Si. Forse.

E' davvero lampante il conflitto di interessi che va a inficiare ogni tipo di sicurezza sulla gestione di questa pandemia. Il Presidente Trump, dopo aver lasciato intendere che si, forse, poteva esserci qualcosa da fare, qualche farmaco efficace, dichiara che l'idrossiclorochina, reperibile sul mercato a basso costo, combinato a un altro farmaco, l'Azitromicina, un macrolide, anche questo di uso comune, sia una cura possibile da utilizzare.

Il Dr. Buttar commenta che l'uso su diverse centinaia di pazienti di questa combo farmacologica sia risultata efficace nel 99% dei casi. Sono farmaci testati, sicuri e affidabili, ma Fauci afferma che senza studi non si possano utilizzare e intanto promuove un vaccino. Da dove arriva questo vaccino? E' sicuro? Ha effetti collaterali? E gli studi per il vaccino? Sono stati fatti? E se non sono stati fatti perché lo promuove? Questo come si chiama, se non conflitto di interessi?

La (dis)informazione del sistema

Buttar si concentra anche su notizie vaghe e inverosimili, che circolano in modo del tutto incontrollato. Si parla di un virus che 'salta', che arrivi a due, tre, quattro, cinque metri. Questo non è informazione, questa è pura disinformazione. E' un comunicare cose a caso, contrarie a ogni logica.

Tutto questo, insieme ad altre notizie (Vere? False?) fatte circolare che scopo hanno? Vogliono spaventare? Intimorire? Perché affermare che occorrerà attende anni affinché tutto torni come prima? Cosa sanno? Cosa non sanno? Ma, soprattutto, cosa non dicono?

E, allora, Buttar chiede l'intervento degli altri medici, chiede che parlino, che intervengano, senza nascondersi dietro un dito adducendo il timore di esporsi per evitare ripercussioni.

Ma la strada più facile è sempre quella: la fuga. Come si suol dire: se non mi vedi, non ci sono.

Perché farsi avanti? Perché rischiare? Lasciamo che siano gli altri a farlo e poi, semmai, concorderemo. Poi, però, quando l'attenzione sarà già focalizzata su altri. Perché la nostra società è brava a prendersi i meriti, ma quando si tratta degli oneri, diventa bravissima a delegare.

La scienza del nulla

La comparsa del Coronavirus porta a uno studio sfrenato di ipotesi, scienze inesatte, del sentito dire. Nei laboratori si fa ricerca, ma non si rispetta alcuna verità scientifica, alcun postulato. Si perdono di vista la fisiologia, l'infettivologia, si utilizzano tecniche ritenute inesatte. Insomma, si spara nel mucchio, sperando di colpire qualcosa.

Sempre Buttar ipotizza che i falsi positivi evidenziati dalle tecniche diagnostiche siano conseguenza di metodiche inadeguate, come la Real Time PCR, che cerca qualcosa di cui non si sa nulla. Come è possibile individuare qualcuno di cui non si conosce il viso, tra centinaia, migliaia di volti? Lo stesso vale per le molecole, le proteine, i frammenti di DNA. Se non so cosa cercare, come è possibile che possa dire che in un campione è positivo? A cosa?

Senza contare che chi ha ricevuto il vaccino antiinfluenzale risulta positivo al test. Perché? Cosa cercano allora? E se le positività fossero legate a frammenti di altri Coronavirus? E se questo test risultasse positivo in caso di influenza? Una brutta influenza, più cattiva delle altre, ma pur sempre un'influenza?

Ipotesi. Bugie. Verità. Quale sarà la via? È vero che chi è stato vaccinato si è ammalato di più? O si è ammalato chi è stato vaccinato perché nella fascia d'età a rischio di ammalarsi?

Causa del decesso: Covid-19

Il mondo sta cadendo in ginocchio. Quella che prima era considerata poco più che una banale influenza, si trasforma in una pandemia. Una pandemia, avete capito bene!

Che un'influenza possa uccidere è risaputo, ma che un'influenza diventi la principale causa di morte a livello mondiale, nel 2020, è surreale.

I test effettuati non giustificano i morti. I presunti positivi non vengono testati. Ma allora, cosa sta accadendo? Come è possibile che in questi giorni si muoia soltanto di Covid-19?

Si vocifera che i decessi vengano tutti catalogati come conseguenza al Coronavirus, sembra che improvvisamente non si muoia più di morte naturale, tumore, infarto, ictus. Improvvisamente, la popolazione mondiale ha sconfitto ogni patologia. Ma muore per quella che era considerata una banale influenza.

Cosa c'è sotto? Non si contano più i morti per altre cause per dare risalto alla pandemia? Si conteggiano i decessi per altre cause nel calderone dei decessi per Covid-19?

Si parla di una Circolare che invita a non effettuare alcun test a chi presenta i sintomi ricollegabili a SARS-CoV-2, che si possono rimandare a casa i pazienti affetti, non necessari di ricovero e che ordina, sentite un po', di registrare la causa di morte principale come Covid-19.

Tutto questo perché? Per quale motivo generare numeri folli di morti per Covid-19? E intanto la paura dilaga.

La paura invisibile

Il clima di paura aumenta. Qualcuno prova a farsi coraggio. Qualcun altro diventa fatalista. Se deve succedere, nulla si può fare per evitarlo.

Ma la paura cresce e con essa lo stress. Il benessere psicologico scema, l'ansia cresce. Non tutti sanno, però, che le situazioni di stress estremo colpiscono anche le difese immunitarie. Quindi diventiamo tutti più vulnerabili. Ci ammaliamo.

E che succede se per puro caso ci si prende un raffreddore? La paura aumenta. Si pensa al peggio. Perché tutto il resto non conta più, non esiste. Se ci si ammala si tratta sicuramente di Covid-19.

Qualcuno reagisce isolandosi, qualcun altro chiede aiuto, temendo di dover morire a breve. Altri, si limitano a fingere che non sia successo nulla e continuano la loro vita di sempre. Il motivo? I soldi. C'è chi non può fermarsi, Covid o non Covid. E se si ferma, sa già che sarà la fine.

I finanziamenti e i risentimenti

A partire dagli Stati Uniti di Trump, si comincia a guardare a questa pandemia e alla conseguenze ad essa legate. Si cerca di comprendere dove e chi ha sbagliato. Trump, revoca i finanziamenti all'OMS ritenendola colpevole di omissioni, ritardi, incompetenza, gestione incosciente della pandemia stessa. A tale linea di intervento si adegua anche il Giappone, che non lasciava pensare a un simile intervento.

E l'Italia? In Italia interviene Walter Ricciardi, componente del pool di tecnici del Governo che lo assiste nella questione Covid-19, il quale denigra Trump indicandolo con il nome di PunchBall guadagnandosi l'allontanamento dal Governo per mano di Salvini, che sostiene non sia stato in grado di trovare una soluzione in merito al virus e che cerchi di inimicarsi gli Stati Uniti, che stanno inviando aiuti all'Italia.

In questo clima chi ha ragione? Chi ha torto? L'OMS poteva fare qualcosa? Poteva risolvere? Anticipare? Gli addetti ai lavori potevano dare una svolta alla situazione? Potevano evitare che 'una banale influenza' si trasformasse in un'arma letale?

Strategia o incompetenza?

Mentre all'estero si cerca di arginare la malattia, in Italia scoppia il caso del si e del no.

Virologi di fama nazionale si scontrano colpo dopo colpo sulle misure da adottare, sulla pericolosità dell'epidemia e su come fermare il virus.

Da una parte chi sostiene che si sta affrontando la cosa con leggerezza, dall'altra chi sostiene si tratti di una banale influenza.

Intanto, la gente comincia ad ammalarsi e a morire.

Gli ospedali si trasformano in moderni lazzaretti, gli operatori sanitari si trovano completamente impreparati e finiscono nella rete dei contagiati.

Nessuno informa la popolazione, continuando a sostenere che si tratti di un'emergenza passeggera.

La vita continua come prima, nonostante la Cina abbia dimostrato che l'unica soluzione veniva dal fermo totale di tutte le attività.

Spunta un video di un medico, non un virologo, badate bene, che invita i colleghi a leggere una Gazzetta del 31 gennaio, dove si parla di emergenza da intendersi fino al 31 luglio. Eppure nessuno ha spiegato né ai medici, né ai cittadini di cosa si tratti.

Il tempo passa, nel panico totale, dei medici che si trovano impreparati, della gente che sente di ricoveri e morti e comincia a temere si tratti di qualcosa di serio. Chiudono le scuole, si bloccano i confini regionali, poi, finalmente, si invita alla prudenza. Si riducono i treni, si controlla la circolazione, si chiede di uscire solo per comprovata necessità. Viene dichiarato lo stato di pandemia.

Le persone sono allo sbando. Confuse dalle dichiarazioni che invitano alla calma e da quelle che parlano di malattia letale.

Il vicino diventa l'untore. I sanitari sono accusati di diffondere la malattia. E la gente muore. Muore in modo orribile, da sola, senza il conforto di un volto o una voce familiare. Muore dopo aver affrontata la sensazione di affogare, con la disperazione e la paura negli occhi.

Ma va tutto bene.

Si montano tende, si costruiscono ospedali di fortuna, si requisisce una nave da crociera per trasformarla in nave ospedale. Ma va tutto bene.

I medici, gli infermieri, gli operatori sanitari, i volontari del 112, cominciano a morire. Morire per averci provato. Per aver creduto di essere immuni o, soltanto, per aver messo al primo posto la vita di qualcun altro.

Intanto, il solito virologo parla di decessi over sessantacinque. Invita gli anziani a non uscire e la reazione arriva immediata: è una malattia che colpisce i vecchi, riaprite le scuole e lasciateci uscire.

Altro errore? Altra leggerezza?

Le conseguenze non tardano e cominciano a essere ricoverati i giovani. Qualcuno non ce la fa.

La gente comincia a non capire. Comincia a sentirsi imbrogliata. Vuole la verità, la certezza. Arriva il lock-down. La disperazione dei titolari di impresa, dei negozianti, di chi campa a provvigione.

La disperazione che è solo, di chi su quei soldi doveva far conto. Di chi, al fondo della piramide sociale, se non lavora non mangia. E si scatena la guerra dei poveri.

E intanto la gente continua a morire.

Anche negli Stati Uniti arriva la pandemia. Anche loro in ginocchio, in ancor meno tempo. Morti e disperazione.

Ma noi continuiamo a sentirci dire che andrà tutto bene. Mentre il bollettino dei morti schizza a livelli da paura.

Le ipotesi, i tentativi di cura. La promessa di un vaccino che non si sa ancora se funzionerà.

I farmaci usati senza un protocollo. Si prova, si tenta dove si sa non ci saranno possibilità senza tentare.

Chi si ammala e resta a casa, vive in solitudine il dramma di una malattia che non conosciamo. Cerca risposte, che spesso non arrivano. In attesa per giorni di un tampone che non farà mai. Qualcuno ha la fortuna di uscirne, qualcun altro si ritrova su un'ambulanza consapevole che non tornerà più a casa.

Ma nessuno dice come stanno veramente le cose. La gente comincia a soffrire la chiusura forzata e a chiedere di uscire, di tornare alla normalità.

Ci si prova, chiedendo cautela. E' un liberi tutti. Tutto è tornato come prima, nessuna precauzione, mentre l'Italia è ancora ferita e l'economia in crisi. Si teme una ripresa dei focolai, ma nessuno lo dice. Si teme un nuovo lockdown, ma nessuno se ne preoccupa.

L'importante è portare i bambini al parco. Perché in casa si annoiano. L'importante è poterli lasciare da qualche parte, mentre si lavora o mentre si fa shopping. Quasi come fossero pacchi. Quasi come fossero di qualcun altro.

E la gente continua a morire. Senza bollettini, senza comunicati. Non interessano più. Ci hanno liberati, per cui è passato tutto.

E il solito virologo affonda ancora la lama, sostenendo che le mascherine si indossano soltanto in luoghi chiusi (perché il virus fuori si nasconde?) e che i guanti non servono, basta disinfettarsi le mani. Peccato che in mezzo alla strada il disinfettante non ci sia. E che si cerca di procurarselo occorre aprire un mutuo.
Mille domande restano senza risposta e una sola su tutte, tutto questo si poteva evitare?

Indifesi

Viene dichiarata la pandemia e ci si chiede quale sia il passo successivo. Sarebbe la difesa. Sarebbe cercare di limitare i danni. Ma come? Mancano i beni primari di protezione. Le mascherine non si trovano neanche a pagarle oro. I disinfettanti, quelli che sono ancora a disposizione, arrivano a toccare prezzi da quotazioni in Borsa. I guanti spariscono dagli scaffali, dalle farmacie e si trovano su eBay a prezzi folli. I saturimetri, che fino a ieri nessuno sapeva cosa fossero, vengono acquistati compulsivamente. Spariscono i materiali per il Primo Soccorso. Il delirio puro.

Alla fine, è la Cina che rifornisce l'Italia con mascherine e ventilatori e invia una task force di medici (sensi di colpa?). Albania, Russia, Germania aiutano l'Italia in ginocchio.

E intanto, negli ospedali non si rispettano le indicazioni minime di sicurezza. Si utilizzano mascherine chirurgiche, tute di carta non idrorepellenti. Parecchi sanitari positivi asintomatici continuano a lavorare. Alcuni non sanno neanche di essere malati perché i tamponi vengono 'elargiti' solo ai grandi sintomatici e il Coronavirus viaggia libero, dentro e fuori dai nosocomi. Arriva nelle case dei parenti dei sanitari e da qui, nei supermercati. Il Coronavirus non trova ostacoli, anzi, trova tutte le porte spalancate e ne approfitta. E ancora una volta ci si chiede chi ha sbagliato? Perché si consente di vendere una confezione di guanti che costerebbe cinque euro anche a settanta. Una mascherina da cinquanta centesimi arriva a costare anche cinque euro. Quindici se personalizzata (assolutamente inutile in quanto non a norma, ma spiegatelo voi a chi le acquista).

Arriva l'Esercito, ma per i morti

Nella notte del 18 marzo, una trentina di mezzi dell'Esercito attraversano la città di Bergamo. Su quei mezzi sono state caricate le anonime bare che contengono i morti di Covid-19. Portate via nel silenzio della notte, su camion incolonnati sull'autostrada, non verso una missione di pace, ma verso la fine di un viaggio, terminato nel silenzio sterile di una camera d'ospedale.

Bare destinate a cimiteri e forni crematori del Nord Italia, perché, a Bergamo, non c'è più posto. Figli di quella terra mandati via, come non fossero mai appartenuti a quei luoghi, a quelle strade, a quelle case. Non un saluto, non un pensiero. Incolonnati nel buio della sera perché la gente non si spaventi, non faccia domande. Spostati di notte perché di notte è difficile che qualcuno si affacci al balcone o faccia foto. E' difficile che si scattino foto in grado di toccare l'umana sensibilità. Come se quelle bare fossero vuote. Come se i corpi adagiati in tutta fretta, avvolti solo da un lenzuolo bianco, in quelle casse anonime non avessero mai avuto qualcosa di umano. Come se non avessero dignità.

Di notte, quando nessuno vede. Di notte, quando nessuno parla.

Le bare, diranno i media, sono circa settanta. Che sono state trasferite perché le vittime sono troppe e i cimiteri sono al collasso. Una parte andrà a Modena, all'impianto di cremazione. Altre ad Aqui Terme, Brescia, in Friuli, a Domodossola, Parma, Piacenza, Rimini, Serravalle Scrivia, Trecate, Varese. Sono davvero soltanto settanta? Tante città si sono offerte di accogliere questi caduti di una guerra invisibile. Il Sindaco di Bergamo ringrazia. La gente piange. Piange i morti che non ha potuto salutare, che partono, come in guerra, nella certezza che non torneranno.

Le ceneri con fattura.

A un mese dalle colonne partite da Bergamo, i parenti delle vittime si vedono richiedere le spese per la cremazione avvenuta fuori città. Le ceneri tornano a casa, accompagnate da una fattura.

I parenti creano un gruppo Facebook precisando che loro hanno acconsentito alla cremazione perché in quarantena e senza possibilità di dare un ultimo saluto, ma che non pensavano questa sarebbe avvenuta al di fuori del territorio e a tariffe differenziate. Minacciano una denuncia. Ogni struttura ha applicato tariffe diverse con disparità anche del 100% da una città all'altra e nel pieno di un'emergenza, quando il solo pensiero corre a chi non ce l'ha fatta. Quando la paura e la disperazione prendono il sopravvento e portano a scelte d'istinto, fidandosi di chi dovrebbe essere più lucido, meno coinvolto e, invece, si ritrovano con un conto salatissimo da pagare per qualcosa che non avrebbero mai chiesto, forse, se informati per tempo.

Covid-19 cos'è veramente?

Dai primi affetti a oggi, nessuno è riuscito a scrivere una relazione sicura e comprovata di come la malattia evolva. Nessuno è in grado di dire quali siano i sintomi tipici, ogni giorno ne spunta uno nuovo.

Sicuramente colpisce i polmoni. Sicuramente toglie il respiro e alla fine la vita.

Chi è fortunato resta chiuso in casa settimane prima di poter tornare a respirare l'aria pura. Chi lo è meno, chiude gli occhi sul mondo senza sapere se è stato fatto di tutto per impedire che accadesse.

Si parla di un virus che attacca i recettori ACE delle cellule polmonari. Qualcuno sostiene che vada a danneggiare l'epitelio dei vasi sanguigni. Nessuno sa con certezza.

Ma in laboratorio, i tecnici, si sono resi conto fin da subito che il virus attacca il sistema della coagulazione. Il vero motivo non si sa. Si ipotizza. Ma in Covid-19 sembra non si muoia di polmonite ma per trombosi. Il sangue forma coaguli che vanno a ostruire le vie respiratorie. Ed ecco spuntare un farmaco, banale, pronto all'uso, che prima non si utilizzava, l'eparina. Si prova e i pazienti migliorano.

Si provano farmaci antiretrovirali, si provano antimalarici, si prova, si prova. Ma la cura non ci sarà, finché non si conoscerà la malattia.

I bambini, in un primo tempo apparentemente immuni, cominciano ad ammalarsi. Si presentano in ospedale con una sindrome simile alla malattia di Kawasaki. Una malattia autoimmune che colpisce i vasi sanguigni. Coincidenze? Perché nei bambini si manifesta con questi sintomi? Perché nessuno si è preoccupato di capire come potesse essere che loro rimanessero fuori dai contagi?

Qualcuno azzarda l'ipotesi che uno dei vaccini obbligatori tenga a bada il SARS-CoV-2. Se fosse, perché nessuno indaga?

E altre domande si aggiungono alle domande ancora senza risposta.

I segni ci sono, ma non si vedono.

Improvvisamente, siamo diventati tutti esperti di Coronavirus, Tutti infettivologi e rianimatori, tutti operatori del 112.

Ma ci siamo dimenticati di un particolare, cioè che la qualifica non si acquisisce tramite i social, senza quel dannato pezzo di carta, non siamo titolati a parlare. In questo caso sarebbe più giusto dire a sparlare.

Tutti convinti di sapere quale sia la strategia migliore. Chi vorrebbe chiudere in casa gli anziani, chi vorrebbe si proseguisse la vita di sempre, chi, ancora, vorrebbe organizzare i famosi party per farsi gli anticorpi. Non si comprende la vera portata del problema. Non si capisce che non si tratta di una banale influenza e che no, gli anticorpi, la maggior parte delle volte non si fanno, perché quella maledetta bestia uccide prima.

Ma tant'è che è scritto su Facebook, lo hanno letto sui social, era scritto sul sito del cugino del fratello di suo suocero.

Si comprende in questa emergenza come non ci sia possibilità che la popolazione ascolti, confronti e agisca seguendo le linee guida date da chi ha più titoli di loro che, a parte qualche incompetente, sanno, o dovrebbero sapere, come comportarsi per arginare il fiume in piena. E invece no, si ostinano, contestano, rivendicano. Chiedono il rispetto dei diritti, i loro, calpestando quelli degli altri. Chiedono la libertà, la loro, mettendo a rischio la vita altrui. Chiedono soldi, quelli degli altri, perché loro sono in difficoltà, salvo piangere dieci minuti dopo che gli hanno cancellato il volo per le Maldive o la crociera nel Mediterraneo.

I segni ci sono, ci sono tutti. Questa è la società che stiamo costruendo. Un mondo dove non importa a quale prezzo, ma la tua libertà è sacrosanta. Che poi, a causa di questa, altri paghino, anche a caro prezzo, non ha importanza. L'importante è che tu possa bearti al sole delle Maldive, mentre mezzo pianeta è in ginocchio e spera di potersi rialzare.

I segni di una società malata ci sono tutti e si vedono. Peccato che i più preferiscano ignorarli.

La sentenza

Arrivare in ospedale, ai tempi del Coronavirus, consapevole di essere malato, che quella bestia è dentro di te, è un po' come andare davanti alla Corte Marziale. Sai che ti accuseranno di qualcosa e che dovrai difenderti, ma speri sempre di trovare un cavillo e di poterne uscire indenne. Purtroppo, la maggior parte delle volte, la condanna cala pesantemente sul soldato e non esistono vie di scampo. E così accade anche per i malati di Covid-19. Entrano in ospedale in silenzio, da una porta di servizio, senza nessuno accanto e con nulla come bagaglio e il più delle volte escono avvolti in lenzuola anonime e senza nessuno che possa piangerli. Questo è quello che accade in tutti i Paesi del mondo. Nessuno escluso.

Ma cosa accade davvero?

Cosa succeda oltre le porte a vetri dei Pronto Soccorso, oltre le porte sigillate di una rianimazione, non si sa. Si parla di tutto e di nulla. Si muore di o con il Covid-19? Nessuna risposta. L'attenzione viene spostata ai magnifici capolavori costruiti in pochi giorni. Un capannone, una nave trasformata in ospedale, i tendoni fuori dagli ospedali.

Si parla di assunzioni straordinarie. Di rinforzi dall'estero. Si parla di piccole invenzioni che mettono una pezza alle carenze di materiale negli ospedali.

Ma di cosa accada tra quelle mura, non si ha nessuna certezza.

I telegiornali vomitano numeri. Si sprecano dirette nazionali per aggiornare la popolazione, per spiegare i decreti, i divieti. Ma nessuno ha la risposta a una semplice domanda: come ne veniamo fuori?

L'autopsia negata alla Pandemia

I medici sostengono che il non aver eseguito l'esame autoptico sui pazienti deceduti per Covid-19 rappresenta un lockdown della scienza in Italia. Parlano di opportunità mancata.

La morte per Covid-19 o con Covid-19 rimane un'incognita e un'autopsia avrebbe consentito di fotografare quanto accaduto e le cause del decesso. Aggiungono che proprio dalle autopsie si può risalire alle migliori terapie e il fatto di non averle eseguite, ha portato a una menomazione della parte clinica, senza la possibilità di comprenderne i meccanismi dell'infezione e, quindi, non avere la possibilità di somministrare un farmaco maggiormente efficace.

Il Ministero della Salute, in merito scrive che per l'intero periodo della fase emergenziale non si dovrebbe procedere all'esecuzione di autopsie e riscontri diagnostici nei casi conclamati di Covid-19, sia se deceduti in corso di ricovero presso un reparto ospedaliero, sia se deceduti presso il proprio domicilio.

La ragione può risiedere nelle motivazioni igieniche e di profilassi, anche se la scelta è discutibile.

Ma nella stessa circolare si legge che l'Autorità Giudiziaria potrà limitare l'accertamento al solo esame esterno e le Direzioni Sanitarie potranno dare indicazioni per l'esecuzione dei riscontri diagnostici nei soli casi volti alla diagnosi di causa del decesso, limitando quelli finalizzati alla sola ricerca.

Si aggiunge, che in caso di autopsia o riscontro diagnostico, questo vada eseguito solo nelle sale settorie che garantiscano condizioni di massima sicurezza per gli operatori.

Ma alla fine qualcuno osa. Qualche accertamento diagnostico si effettua. Il risultato conferma l'ipotesi di un interessamento della coagulazione. Segni di trombosi si riscontrano accanto a segni di malattia polmonare. La conferma convalida l'utilizzo di eparina. Ora. Dopo mesi. Dopo centinaia di morti, ammassati nelle sale rianimazione. Dopo aver dichiarato si trattasse di una malattia respiratoria. Quanti di loro potrebbero avercela fatta? Quanti di loro si sono spenti inutilmente? Quanto vale una vita? Quanto?

L'inizio del viaggio

31 gennaio, Roma
Due turisti provenienti dalla Cina, sbarcati il 23 gennaio a Malpensa, si sentono male in albergo. I sintomi riportano a quelli riferiti dai vari social e la coppia si ritrova in ospedale, ricoverata con la diagnosi, poi accertata di infezione da SARS-CoV-2.

2 febbraio, Spallanzani Roma
I virologi isolano la sequenza genomica del virus.

3 febbraio Cina verso Italia
Rimpatrio di cinquantasei cittadini italiani residenti a Wuhan.

6 febbraio Cecchignola
Uno dei rimpatriati risulta infetto.

18 febbraio Cremona
Un trentottenne si presenta al Pronto Soccorso di Codogno dopo un'influenza complicata da una polmonite. Viene dimesso, ma si ripresenta due giorni dopo, quando il tampone conferma il contagio.

20 febbraio

Viene confermato il contagio della moglie del paziente e di un amico del paziente di Cremona.

Vi è la conferma di altri tre contagiati, presentatisi in Pronto Soccorso per sintomi riconducibili a una polmonite.

21 febbraio, Codogno (Lombardia) e Veneto

Sedici casi confermati, che il giorno successivo salgono a sessanta.

Contemporaneamente, cominciano a verificarsi i primi decessi.

Scatta la quarantena di undici comuni in Lombardia e Veneto e l'istituzione delle zone rosse, con divieto di spostamento se non per comprovata necessità.

Febbraio, Voghera (Lombardia)

Arrivano i primi casi. I reparti vengono sigillati e adibiti a reparti Covid-19.

I casi aumentano a vista d'occhio. Tutte le regioni sono impegnate a fronteggiare l'emergenza scatenata dal Coronavirus e comincia la conta dei caduti.

Medici, infermieri, operatori sanitari, tecnici di laboratorio, tecnici di radiologia, operatori del soccorso, cadono insieme ai pazienti. I medici morti supereranno le 100 unità.

Gli infermieri, in prima linea, perdono la vita nel silenzio. Qualcuno non resiste all'orrore e la vita se la toglie.

Muoiono Carabinieri, Vigili del Fuoco, Poliziotti.

Muore la povera gente, in casa da sola.

Arriva il lockdown, ma è troppo tardi per fermare l'avanzata dell'epidemia.

L'11 marzo, l'OMS dichiara lo stato di pandemia.

I numeri, alla fine, fanno paura. Quasi 16.000 morti in Lombardia. 4.000 in Emilia-Romagna. 1.900 in Veneto. 1.400 in Liguria.

In Italia, al 23 maggio, i morti sono 32.785 su 229.858 contagiati, il 14%!

Cosa è successo? Perché quando si è accertata la positività a Roma e, poi, a Codogno, non sono partite le misure di sicurezza?

Perché le notizie sono arrivate frammentarie, contrastanti, elusorie? Perché una parte cercava di far passare la malattia come una banale influenza, mentre qualcuno ribatteva che saremo finiti in ginocchio?

Ma soprattutto, cosa accadrà ora, con la riapertura e la ripresa delle attività?

11 marzo 2020

L'Oms dichiara la pandemia reclamando un'allarmante inazione dei governi. Un disinteresse presunto, una presa di posizione che sta portando l'intero pianeta verso la pandemia globale.

Dopo settimane di rinvii, alla fine l'Oms ha pronunciato l'inevitabile parola: Pandemia.

Dopo un'attenta valutazione, l'OMS dichiara di aver valutato e stabilito che il COVID-19 può essere caratterizzato come una situazione pandemica per voce del Capo dell'Oms Tedros Adhanom Ghebreyesus nel briefing quotidiano da Ginevra.

L'Oms ha valutato questa epidemia, giorno dopo giorno, ed è profondamente preoccupata dai livelli allarmanti di diffusione e gravità ma anche dai livelli allarmanti di inazione.

La diffusione del virus, in effetti, ha accelerato bruscamente nelle settimane, con focolai dapprima in Italia, poi Iran e Corea del Sud e un numero crescente di casi in Germania, Francia, Spagna e Stati Uniti.

In Spagna i contagiati salgono ben presto a 2.200 con 54 vittime. Il focolaio maggiore si localizza a Madrid, dove si registrano 1.024 casi, tanto che il governo locale decide la chiusura immediata del Prado e di tutti gli altri musei cittadini.

Sempre l'11 marzo, dalla Germania, dove si contano oltre 1.800 casi, la Cancelliera Angela Merkel ha dipinto uno scenario drammatico. Teme che il Covid-19 possa far ammalare fino al 70% della popolazione. Mentre le autorità sanitarie tedesche hanno avvertito che l'epidemia potrebbe durare mesi, se non anni.

Situazione simile in Francia, dove si registrano 2.281 casi con 48 morti. Il Governo ha adottato un piano di protezione per gli ultra-sessantenni e le persone con altre patologie, invitandoli a non uscire di casa se non per ragioni di stretta necessità.

Anche Paesi più piccoli, come la Danimarca, sono in piena emergenza: 514 casi, un aumento di 10 volte in pochi giorni per un Paese di 5,6 milioni di abitanti. Le scuole vengono chiuse.

Il Direttore dell'OMS dichiara che nei giorni e nelle settimane a venire prevede un aumento del numero di casi, del numero di morti e del numero di Paesi colpiti.

Lo stesso, ringrazia, per le misure attuate, la Corea del Sud, l'Italia e l'Iran». Ghebreyesus ha ribadito che è possibile limitare la diffusione del virus, invitando gli Stati ad agire. Sulla falsariga dei Paesi citati, con misure attivate anche se hanno un impatto pesante sulla società e sull'economia. La raccomandazione è che ogni Paese debba trovare un equilibrio tra la protezione della salute, minimizzare l'impatto sull'economia e proteggere i diritti civili.

Scelte non facil, impopolari, ma necessarie per limitare la diffusione della pandemia e le morti a essa collegate.

Il Capo del Centro di Controllo delle malattie americane, intanto, dichiara che il Coronavirus è dieci volte più letale dell'influenza. Quest'ultima ha un tasso di letalità stimato intorno all'1 per mille. Dunque, secondo le autorità americane, il Covid-19 ha una letalità intorno all'1 per cento. Più bassa di quella registrata finora in Italia, dove, tuttavia, i casi reali potrebbero essere molti più di quelli confermati.

Immunità presunta

La malattia nei bambini scatenata dal Coronavirus potrebbe essere ben più grave di una malattia di Kawasaki. I medici italiani e statunitensi si sono sentiti e sono arrivati alla conclusione che si tratti di una malattia più severe, per fortuna solo in rari casi mortale.

Il 23 maggio, il professor Ravelli di Genova partecipa a un meeting online, organizzato dal Boston Children's Hospital, nel quale è stato fatto un aggiornamento sulla sindrome infiammatoria multiorgano, simile alla malattia di Kawasaki, correlata all'infezione di SARS-CoV-2. Questa sindrome infiammatoria viene innescata dal Coronavirus e, pur essendo molto simile alla malattia di Kawasaki, presenta sintomi aggiuntivi, come dolori addominali, vomito, interessamenti del miocardio, diminuzione dei livelli plasmatici di piastrine e diminuzione dei linfociti. Tutti sintomi che nella malattia di Kawasaki non compaiono.

Nei piccoli pazienti si riscontra un'attivazione macrofagica e, talvolta, shock tossico. Complicanze che possono osservarsi anche nella malattia di Kawasaki, ma in questi pazienti risultano essere più frequenti, maggiormente in quelli statunitensi.

L'ipotesi è che la malattia si manifesti con sintomi diversi per un fattore etnico (in Inghilterra sei casi su otto sono di pazienti di etnia afrocaraibica).

La domanda da porsi è se si tratti di condizioni che somiglino solo alla Kawasaki, oppure di un virus particolarmente aggressivo che induce forme più aggressive di malattia di Kawasaki, modificando i sintomi classici.

La correlazione esistente tra il Coronavirus e la Kawasaki è che il virus lega le cellule dell'endotelio dei vasi sanguigni e che la Kawasaki è una vasculite, quindi un'infiammazione dei vasi e, pur non essendo il virus direttamente a provocare la vasculite ma la reazione immunitaria, il suo agire sulle pareti vasali potrebbe essere il fattore scatenante. Per cui, non basterebbe il solo virus: per avere la malattia occorrerebbe una predisposizione genetica.

I numeri di simil Kawasaki sono molto alti oltreoceano, solo a New York i casi sono stati più di 150 in poco tempo; in Italia sono molti meno e concentrati nelle zone di maggior contagio da Coronavirus, per un totale di circa 150 pazienti.

Quindi no, i bambini non sono immuni. Non possono uscire perché tanto muoiono solo i vecchi (ma vi sentite quando parlate?), non possono tornare a scuola, non possono frequentare i centri estivi.

Non sapete dove metterli? Il problema non è la pandemia, ma il vostro concetto di rapporto genitori-figli. I figli non sono pacchi, non sono oggetti da mostrare, i figli sono il futuro di questo mondo e quello che porteranno domani ai loro figli sarà l'immagine di voi genitori che scalpitate per sbolognarli a qualcuno.

Morire di passione

La passione per il proprio lavoro. La voglia di esserci. L'ideale che li accompagna. Un Giuramento. Tutto questo li ha portati a dare la vita nel tentativo di salvare quella degli altri.

165 medici non torneranno a quel lavoro che amavano tanto. 165 medici non potranno più essere al servizio di chi necessita di cure.

Ma non si possono dimenticare neanche i 41 infermieri, il tecnico radiologo, i 7 volontari della CRI, Croce Rossa Italiana, le 2 ostetriche, i 16 farmacisti, i 21 OSS e tutti quelli che, purtroppo, sono caduti.

Una guerra che ha portato via ai propri cari persone che avevano fatto della propria vita un dono.

Quanto dolore, quanta sofferenza. Avranno avuto paura? Si saranno resi conto che tutto stava per finire? Qualcuno glielo avrà comunicato?

La rabbia e il dolore non possono essere ignorati. Chi resta si chiede se tutto questo poteva essere evitato.

Si poteva? Qualcuno ha sbagliato? Chi? Perché?

La riapertura o fase 2

Ci siamo. Arriva il Decreto che sancisce la ripresa anche se a piccole dosi. Si può uscire per andare a trovare i congiunti (che non è chiaro come vengano individuati), ci si può spostare per la spesa e si possono fare passeggiate, anche in più persone purché siano dello stesso nucleo familiare.

Si può uscire. E il mondo si riversa per le strade. Poco importa se il rischio che si verifichi un nuovo picco sia ancora attuale. Si può uscire e allora usciamo.

Improvvisamente tutti sentono il bisogno di andare a esplorare luoghi dimenticati da secoli, spiagge, parchi, passeggiate.

Ci si lamenta che i centri commerciali sono ancora chiusi, che i negozi alla domenica siano chiusi. Che le scuole non sono state riaperte.

Insomma, è come se nulla fosse accaduto.

I negozi, quelli aperti, si riempiono oltre ogni aspettativa. La gente che fino a ieri lamentava di non aver ricevuto aiuti esce dalle boutique con i sacchetti pieni.

Le mamme, provate dalla condivisione forzata con la prole degli ultimi mesi, si riversano nei parchi e nelle aree attrezzate, arrivando a scavalcare le recinzioni create per evitare che si utilizzino i giochi comuni.

Si protesta per ottenere le scuole e alla fine, arriva la conferma dell'apertura dei centri estivi.

Giusto? Sbagliato? Era davvero necessario chiudere tutto? E se lo era, perché ora sono tutti assembrati nei locali, nei parchi, sulle spiagge? Cosa non torna?

Plasma

Dopo diversi tentativi di somministrazione di farmaci a caso, cercando il colpo di fortuna, si prova a isolare gli anticorpi dal plasma dei pazienti guariti. Un'illuminazione che porta alla sperimentazione, per non dire un'altra prova a caso, del plasma. I pazienti trattati sembrano stare meglio.

L'utilizzo del plasma dei convalescenti, infuso in pazienti affetti, porta a un rapido miglioramento delle condizioni cliniche.

La sperimentazione parte dagli Ospedali di Pavia, Mantova, Lodi e Cremona.

L'input viene dato dalla scarsa risposta alle terapie proposte e, allora, si pensa alla plasmaterapia, come già accaduto nel corso di epidemie di SARS, MERS, H1N1 ed Ebola e in Cina all'inizio dell'epidemia.

Il plasma definito iperimmune, parrebbe funzionare. Contiene gli anticorpi specifici contro il virus SARS-CoV-2 e, una volta infuso in pazienti sintomatici, induce una risposta rapida e dall'Ospedale Poma di Mantova, il Primario di Pneumologia sostiene che il plasma risulta essere, al momento, l'unico farmaco specifico contro il Covid-19.

Attenzione! Farmaco specifico, non previene, ma, forse, cura la malattia già conclamata. Non diciamo in giro che esiste la cura e vogliono farci morire, perché sarebbe meglio non ammalarsi affatto.

Che poi, se ci pensate, quanti di voi sarebbero disposti a donare il plasma a perfetti sconosciuti, dopo aver passato mesi in un letto d'ospedale a pregare di poterne uscire in piedi? Siete davvero così altruisti? No? E allora, perché gli altri dovrebbero farlo?

Covid nel mondo

Al 29 maggio, si contano 5.657.529 casi di Covid-19 a livello mondiale con 356.254 morti.

In Cina, i casi confermati sono 84.547 e 4.645 i morti. L'Europa conta, invece, 2.105.519 casi confermati e 178.432 morti.

In USA, si contano 1.675.258 casi con 98.889 morti. Il Brasile, 411.821 casi con 25.598 morti. Il Canada, 87.902 casi con 6.799 morti e il Messico, 78.023 casi con 8.587 morti.

Numeri alti, numeri che danno da pensare. Non si tratta, allora, di una semplice influenza. Né, forse, di un'infezione con una curva che andrà a diminuire. Ma questo, solo il tempo ce lo potrà dire. Fatto sta che si è diffuso a macchia d'olio. In alcuni casi più 'cattivo' che in altri. Con zone severamente colpite e altre quasi risparmiate.

Ma qual è la determinante, la causa di una distribuzione così disomogenea?

Guardando la cartina dell'Italia viene quasi spontaneo chiedersi come mai il sud del Paese sembra essere meno coinvolto. Meno casi? Meno diagnosi?

Il rischio

Il rischio di malattia grave da Covid-19 in Europa viene indicato come moderato per la popolazione in generale e alto per gli anziani e i malati cronici.

Il rischio diventa molto elevato se non si mettono in atto le misure di prevenzione e sicurezza o se venissero a mancare troppo presto. Questo potrebbe causare una probabile ripresa dei casi, con un rischio di malattia più lieve ma con impatto sulle attività lavorative di grado elevato.

Se non si dovesse arrivare a un vaccino, visto il basso livello di immunità raggiunto dalla popolazione, si potrebbe andare incontro a una rapida ripresa della trasmissione prolungata del virus nella comunità, con conseguenze anche gravi.

E intanto il mondo si muove verso la riapertura. Si torna alla normalità e questo per molti equivale a pericolo scampato. Ma non è così. Il rischio non si è azzerato e non si può abbassare la guardia, proprio ora che sembra diminuire la curva dei contagi. Le spiagge, i locali, i centri commerciali, tutti pieni e senza attenzioni particolari. Riaprono i parchi, peraltro già affollati da mamme e bambini reticenti ai divieti e ci si potrà spostare da una regione all'altra.

Scelte poco condivise, per molti il culmine di una bugia. In molti pensano che il virus sia stato solo un pretesto. Ma lo scopo?

74

Lombardia e Piemonte

La Lombardia non riesce ancora ad abbattere il tasso di contagio. I morti ancora non arrivano a quello zero che si auspica da giorni e la gente riversata a fiumi nelle strade sembra ignorare il pericolo. I negozi sono aperti, il via libera è arrivato, e allora perché rimanere in casa.

Si fa come si è sempre fatto. Ci si muove, di giorno per lavorare e di sera per la Movida. I Navigli sono l'immagine di un popolo che non rinuncia a poche ore di svago, anche con il rischio di infettare o infettarsi. Quell'aperitivo proprio non si può snobbare. La cena di lavoro non si può evitare, si torna a passeggiare, in gruppo magari, in uno dei luoghi più suggestivi della Milano da bere.

Poco importa che tra quei passanti ci possa essere un potenziale infetto. Poco importa che i mesi in bloccati in casa possano tornare a far paura. Non si può rinunciare. La vita è adesso.

Ma in Piemonte? Nulla di diverso per quanto riguarda la popolazione. E' arrivato il via libera e ben venga. Ma i decessi non si azzerano neanche qua. E all'orizzonte giunge anche l'autorizzazione a muoversi tra le regioni. Qualcuno resta basito.

Se c'è rischio contagio perché cala l'attenzione così di botto?

E se invece non ci fosse, cosa è successo i mesi addietro?

Resta il fatto che il rischio di infezione non è cessato, mentre, economicamente, il rischio di povertà è salito vertiginosamente. Questo fatto è assodato e per molti, troppi, mettere un piatto caldo in tavola diventa una vera emergenza da affrontare con ogni mezzo.

La piccola Lombardia

La Liguria viene vista da alcuni come una piccola Lombardia, con la sua scalata in solitaria e con un governatore che, invece di invitare alla prudenza, attua un liberi tutti che rischia di riportare la Liguria verso l'incubo.

Si parla di disastro perfetto, politico e sanitario.

Da quando il Covid-19 è stato definito solo un'influenza, il 21 febbraio, giorno del primo caso in Lombardia, da quando l'infettivologo Matteo Bassetti dell'Ospedale San Martino di Genova, esperto scelto dalla Regione come uomo-emergenza, ha dichiarato che un virus così non doveva far paura e che bisognava andare d'accordo con i cinesi.

Un approccio ottimista che in breve lo ha reso popolare su social e media e che, meno di un mese dopo, lo ha costretto a cancellare tutto quanto avesse pubblicato sottovalutando il virus.

La Liguria, secondo la Fondazione Gimbe, viene inserita insieme a Lombardia e Piemonte, tra le regioni attualmente non pronte alla Fase 2.

Ma anche la positività ai tamponi, porta la Liguria appena alle spalle della Lombardia, in terza posizione si trova il Piemonte, Ma c'è un ma, la Liguria ha un numero di positivi elevato su un minor numero di tamponi, notizia che non depone affatto a suo favore.

Per quanto riguarda l'incidenza dei nuovi casi, è sempre seconda alla Lombardia con 76 nuovi casi su 100.000 abitanti (contro i 96 della Lombardia), mentre la media italiana è di 32.

La Liguria ha anche il primato di decessi giornalieri rispetto alla popolazione, con punte dello 0,72% contro lo 0,5% della Lombardia. La media nazionale si assesta sullo 0,4%.

Inoltre, anche in Liguria, come in Lombardia, si parla di epidemia dolosa nelle case di riposo con una mortalità elevatissima e anomala in periodo di pandemia.

Ma davanti a una tale situazione invece di cercare di arginare i focolai, si opta per l'apertura totale già a partire dal 18 maggio, con il rischio di rendere vani tutti i sacrifici sopportati.

Torniamo a parlare di vaccini

Qualcuno aveva ipotizzato che il vaccino contro il Coronavirus sarebbe stato pronto in meno di due mesi. Ad oggi, non si sente quasi più nulla a riguardo.

Intanto spunta l'ipotesi delle vaccinazioni antiinfluenzale e anti pneumococco obbligatorie per alcune classi di popolazione, tra cui i bambini.

Lo sgomento che la notizia suscita nelle mamme, e che infiamma i social, corre veloce, come un tam-tam che richiama vecchi fantasmi e le vecchie convinzioni.

I commenti si sprecano e le tesi di mamme 'laureate su Google' si fanno strada tra i vari post e le varie ipotesi. Qualcuno sostiene ci vogliano uccidere tutti. Altri che vogliano tracciarci con chissà quale chip microscopico. Altri sono certi che la tesi per la quale ci si chiede di vaccinarci, sia soltanto complottista e che il fatto che loro dichiarino che sia una manovra per consentire una più rapida individuazione del virus in pazienti sintomatici, potendo escludere l'influenza e la polmonite da pneumococco a priori nei soggetti vaccinati, sia solo una scusa per chissà quale manovra sanitaria. Il medico saprà distinguere una banale influenza da un virus, no?

E non mancano i saccenti, quelli che la medicina è veleno, che mettono sul piatto i loro rimedi, naturali e di sicura efficacia. Rimedi che a qualcuno viene in mente di usare e si ritrova sul pavimento di casa, senza sapere come ci sia finito.

Paure, preoccupazioni, interrogativi senza risposta. Dove porterà tutto questo?

Virus e vaccino sono correlati?

Secondo alcune teorie, i soggetti che hanno aderito alla campagna vaccinale antiinfluenzale sarebbero più a rischio di contrarre il Covid-19, parlando di un 30% in più rispetto a chi, invece, non si è sottoposto alla vaccinazione.

Non a caso, Bergamo sarebbe stata così duramente colpita perché risulta essere la provincia dove la campagna vaccinale è stata intensa e accolta positivamente dalla cittadinanza. Oltre al vaccino contro l'influenza, la campagna vaccinale ha incluso anche il vaccino contro il meningococco, la cui campagna è terminata a gennaio.

Il dottor Tarro è uno dei sostenitori di tale teoria.

Uno studio su 200 casi di ricoverati e successivamente deceduti, ha evidenziato che l'80% aveva ricevuto il vaccino antiinfluenzale. I giovani avevano ricevuto il VaxiGrip Tetra. Risulta che tutti i vaccini utilizzati contengano i ceppi di coronavirus inattivato. Esistono a corredo, studi che sostengono come il vaccino per antinfluenzale e il Coronavirus SARS inducano polmoniti e, guarda caso, in Cina quest'anno a novembre è iniziato un test di questo vaccino sulla popolazione con obbligo vaccinale coatto.

Ma il SARS-CoV-2 quando è arrivato?

A fine dicembre parte l'emergenza Cinese e si sottovaluta la situazione. Gli altri Paesi sembrano disinteressarsi a quanto sta accadendo in terra asiatica, salvo far partire improvvisamente, il bando ai cinesi.

La Cina risponde colpo su colpo e sembra, in un primo momento, riuscire a fronteggiare la situazione. Si ferma completamente. Le strade deserte riportano alla mente scene apocalittiche di film catastrofici. La paura comincia a prendere il posto dell'indifferenza e l'epilogo tragico comincia a delinearsi all'orizzonte.

Il tempo passa, il virus supera i confini asiatici e si diffonde. Qualcuno parla di virus d'importazione. Altri di nuove varianti dello stesso virus autoctone. Intanto il bollettino giornaliero dei decessi comincia a far paura. Arriva la dichiarazione di pandemia e i virologi italiani cominciano a discutere sulla provenienza, sulla contagiosità, sulla mortalità del virus.

Si attaccano, colpo su colpo. Si ritrovano in tv, sui social e la gente si confonde. Non sanno più a chi credere e vengono accettati con poco entusiasmo i provvedimenti adottati per contenere la pandemia.

Intanto si eseguono studi, indagini e da una di queste ricerche, si evince che la presenza del Covid-19 risale a ben prima del ricovero del paziente zero di Codogno.

Il modello ha messo a confronto i pazienti positivi con quelli previsti e il quadro emerso ha fatto supporre che la circolazione del Coronavirus sia antecedente ai primi casi confermati e riconducibile alla fine del 2019.

Una successiva ricerca sulle Tac polmonari e sugli esami sierologici dei donatori ha evidenziato che la circolazione in alcune regioni sia iniziata a dicembre.

Altro dato rilevante risulta essere la positività di alcuni donatori agli anticorpi IgG (anticorpi permanenti) al Covid-19. A gennaio queste positività risultano in lieve aumento.

Perché il contagio è maggiore al Nord Italia?

Secondo uno studio dell'Università di Catania le concause possibili la minore temperatura invernale , l'inquinamento PM10 maggiore, la densità demografica.

Paradossalmente, il numero maggiore di ospedali sul territorio del Nord Italia avrebbe favorito, almeno inizialmente, la diffusione del contagio a causa della concentrazione di pazienti positivi.

Invece, al Sud il distanziamento ha ostacolato la diffusione con la stessa velocità del Nord. Tuttavia, in seguito all'esodo Nord-Sud, si sono verificate catene di diffusione intrafamiliare al Sud, in seguito all'arrivo di un familiare dal Nord.

Bisogna notare che i focolai si sviluppano in luoghi confinati. Le principali catene di trasmissione si verificano nelle famiglie e negli ospedali. Così anche nelle residenze per anziani.

Il fattore R0

Il fattore R0 è la capacità di dare casi secondari ed è importante che diventi inferiore a 1.

Questo dipende da alcuni fattori, quali la probabilità per singolo contatto, il numero medio di contatti per unità di tempo e la durata del periodo di contagiosità.

Se R0 è maggiore di 1 è indice di epidemia. Se è uguale a 1 siamo in una situazione di endemia con presenza costante di virus. Se R0 è inferiore a 1 la trasmissione si è interrotta.

Il Covid-19 ha un fattore stabilito 2-3, che è sceso a un valore inferiore a 1 con il solo lock-down.

La fase 2, iniziata il 4 maggio, va affrontata monitorando R0 per evitare una ripresa dei contagi, anche in luce del fatto che i pazienti guariti mantengono la positività anche per 30 giorni e che non si conosce la permanenza degli anticorpi e la loro effettiva protezione.

Per un'ottima riuscita della fase 2 servono delle accortezze precise, quali i test sierologici per la ricerca delle IgG, la geolocalizzazione dei contatti infetti e la differenziazione geografica di rischio contagio.

Solo non abbassare la guardia potrà consentire la vera ripresa e la ripresa del Paese.

La questione Svezia

L'epidemiologo svedese, durante un dibattito, ha sostenuto che l'Italia ha meno risorse della Svezia per combattere il Coronavirus. Tale battuta è stata inserita in un discorso che riguardava anche la Cina, in cui si diceva che la Svezia avrebbe potuto proteggere meglio i più deboli a differenza di Paesi come l'Italia e la Cina, con meno risorse.

Ovviamente l'Ambasciata Italiana a Stoccolma ha pubblicato una risposta all'epidemiologo, mettendo a confronto i due sistemi sanitari e precisando che quello italiano si colloca al secondo posto al mondo come efficienza e funzionalità, dopo la Francia. La Svezia si colloca, invece, al ventitreesimo posto.

Aggiungendo l'appunto che l'Italia ha dovuto affrontare l'emergenza Covid-19 senza un punto di riferimento e praticamente abbandonata dagli altri Paesi. E, nonostante tutto, il Paese è riuscito a venirne fuori e si avvia al controllo dell'epidemia.

Concludendo, quindi, di essere fieri di essere italiani per aver saputo fronteggiare la sfida con la forza del proprio sapere e con le armi della propria pietà. E che fuori dall'Italia, gli altri, dovrebbero avere parole di elogio per l'Italia stessa, soprattutto perché è stata l'Italia che ha concesso agli altri, Svezia compresa, il tempo che all'Italia è stato negato.

Non è stato il primo battibecco tra i due e si ricorda che in Svezia non c'è stato nessun blocco, con il risultato di 4.220 morti su 35.088 contagiati.

Perdita di controllo

Quanto accade porta a diversi interventi, a volte dettati dalla completa inesperienza. La paura, la diffidenza, le domande senza risposta. Tutte conseguenze di un comportamento, in primo momento non compreso, anzi, la popolazione non si fida. È convinta che qualcosa le venga nascosta. Prima si parla di una semplice influenza e poi tutti serrati in casa?

Si verifica il primo caso di chiusura delle frontiere e lo stop dei voli. Si ha il divieto di allontanamento delle persone dai propri comuni, se non in casi di estrema necessità, comprovata, e per motivi di lavoro. E, alla fine, si arriva all'isolamento.

La perdita di controllo sulla situazione è evidente. Il virus non è controllabile. I numeri parlano chiaro. Si parte tranquillizzando la popolazione e si finisce a dover ordinare il lock-down.

Tutto questo porta anche dubbi e incertezze.

Forse la situazione può diventare di comodo, visto il periodo in cui la Cina sta prendendo il controllo sull'Economia.

Altre ipotesi aleggiano nell'aria, come la convenienza portata da crolli in campo economico e il ridimensionamento della popolazione, per la quale alcuni ipotizzano che la mortalità degli ultrasessantenni possa fare comodo: meno pensionati, meno soldi da versare per le pensioni Quest'ultima ipotesi è agghiacciante e dovrebbe far fermare il mondo a riflettere. Anche se la maggior parte della popolazione, la fetta giovane di essa, poco è toccata da questa ipotesi e dai decessi nel mondo 'anziano'. Qualcuno, anzi, utilizza l'informazione reclamando a gran voce la libertà di circolare, tanto a morire sono solo gli anziani.

Disastri annunciati o profezie?

Dopo le epidemie, o anche prima o durante, la Terra non risparmia le sue rimostranze.

Incendi, terremoti, maremoti, allagamenti, frane, ghiacciai che si sciolgono, animali che muoiono.

Una protesta in piena regola verso l'umanità. E chi ne paga le conseguenze siamo noi. Noi che siamo costretti a rivedere le nostre priorità. Noi che siamo costretti a lasciare le nostre terre, noi che siamo costretti a fuggire nottetempo dalle fiamme, dall'acqua che ci portano via le nostre case, i nostri affetti.

Noi che non siamo in grado di aprire gli occhi e assumerci le nostre colpe. Perché è più facile incolpare le divinità o la malasorte invece di riconoscere i propri errori, le proprie mancanze.

I fiumi lasciano gli argini perché l'uomo li inquina e ne occupa il letto con quintali di rifiuti.

Le case crollano perché vengono progettate al ribasso, spesso senza rispettare le norme basilari, figuriamoci quelle antisismiche.

Le foreste bruciano perché morire che lasciamo la macchina a casa per andare a far la spesa o, solo, per andare a recuperare la prole a scuola, e l'inquinamento aumenta, e con esso la temperatura globale. E il caldo anomalo porta alla siccità e siccità vuol dire fuoco. E così quel poco di verde che ci resta finisce miseramente in fumo.

Il mare sta perdendo vita perché la plastica che amiamo tanto, comoda e leggera, poi fatichiamo a buttarla nel bidone del riciclo. E si accumula nei fiumi, nei mari, sulle spiagge, nei prati.

Nessuno è disposto a far nulla per salvaguardare la natura, la nostra casa.

Australia

La Grande Barriera Corallina australiana, la più grande barriera di corallo del mondo, è vicinissima alla morte a causa del riscaldamento globale. A rivelarlo è un articolo della rivista scientifica Nature, secondo cui le cause di questa tragedia ambientale sono da ricercarsi nel temporaneo aumento di 4 °C della temperatura del mare, che ha causato lo sbiancamento del 90% dei coralli e la morte del 20% di essi.

Nella parte settentrionale della barriera sono morti addirittura due terzi dei coralli presenti.

Tra il 2015 e il 2016, le temperature record hanno innescato un episodio di sbiancamento dei coralli di massa, il terzo evento su scala globale da siancamento di massa dal 1980, recita l'articolo.

E' la terza volta che la Barriera Corallina è vittima di uno sbiancamento di massa dei coralli. Fenomeno considerato come la principale minaccia alla sopravvivenza di queste formazioni sottomarine, causato dall'aumento della temperatura dell'acqua del mare.

Quando la temperatura aumenta, il legame tra i coralli e gli ospiti della stessa, le zooxantelle, si interrompe e questo porta allo sbiancamento, alla cessazione della crescita e, spesso, alla morte del corallo.

Lo sbiancamento confermato dagli studiosi sembra si sia esteso anche alle aree meridionali, finora rimaste indenni.

Questo danno deriva dalle temperature elevate registrate in Australia tra il 2019 e il 2020.

Per fortuna, il danno è reversibile, quando lieve, con un abbassamento delle temperature. Anche se nelle zone maggiormente danneggiate questo non sarà possibile e, anzi, se le temperature elevate persistessero, la morte dei coralli sarebbe quasi certa.

Come detto dai ricercatori le principali minacce, oltre all'aumento delle temperature, sono i cambiamenti climatici e l'acidificazione degli oceani, entrambi frutto dei gas e dell'effetto serra.

Per recuperare il danno subito per ogni evento di questo tipo, dicono gli scienziati, servono cinque anni.

La barriera corallina può ancora essere salvata, ma per riuscirci è necessario intraprendere un drastico cambiamento nel contrasto al riscaldamento globale, cui bisogna opporsi in modo molto più deciso rispetto a quanto non sia stato fatto finora.

Secondo David Wachenfeld, coautore dell'articolo apparso su nature, il riscaldamento globale è la minaccia numero uno per la barriera corallina.

Negli ultimi anni ci si è impegnati per proteggere le barriere coralline dalla pesca, migliorando anche la qualità dell'acqua, ma questo non è stato sufficiente. Esistono degli Accordi Internazionali volti a migliorare il problema climatico, ma questi difficilmente vengono rispettati.

Oltre ad essere un'importante attrazione turistica dell'Australia, con 3,9 miliardi di dollari annui di entrate, la Grande Barriera Corallina è patrimonio mondiale dell'Unesco dal 1981, status che potrebbe perdere, se non si riuscirà a evitarne la morte.

Oceani e mari, verso il declino

Il mare e l'oceano, per quanto ci sembrino immutabili e infiniti, potrebbero subire gravissimi danni a causa dei processi di inquinamento che, anno dopo anno, affliggono il nostro pianeta.
Gli oceani stanno subendo l'effetto di un unico grande nemico: l'uomo.
Le cause principali sono rappresentate dall'acidificazione degli oceani, l'inquinamento dovuto alla plastica, lo sfruttamento delle popolazioni ittiche e l'acquacoltura insostenibile.
L'acidificazione delle acque viene considerata il gemello cattivo del riscaldamento globale e riconosciuto come il pericolo più immediato.
Dalla rivoluzione industriale grandi quantità di combustibili fossili sono state bruciate, liberando nell'atmosfera elevate quantità di diossido di carbonio. I gas presenti nell'atmosfera vengono assorbiti dagli Oceani e, quando questi aumentano in modo spropositato, l'assorbimento porta a gravi squilibri dell'ecosistema.
L'aumento di diossido di carbonio comporta la diminuzione del pH della superficie degli Oceani. Oggi questi hanno un'acidità maggiore rispetto al 1800 e la situazione continua a peggiorare.

Prima della fine del secolo, gli Oceani avranno un'acidità 150 volte maggiore rispetto al 1800.

Le conseguenze di questi cambiamenti andranno a incidere sulla sopravvivenza delle specie che popolano gli Oceani. La maggior parte di esse, forse, non si adatterà e si avrà una grande perdita di viventi delle acque.

Ma cosa accade con l'acidificazione? Perché la vita acquatica è a rischio?

Il pH che diminuisce comporta la modifica delle specie batteriche, la perdita di nutrienti, una modifica del passaggio di luce e di trasmissione del suono. Potrebbe favorire l'emergere di specie di alghe tossiche con modificazioni della fotosintesi.

Le prime vittime di questa modifica delle acque, saranno le Barriere Coralline che, probabilmente, non sopravvivranno a questo secolo.

Gli Oceani, purtroppo, sono diventati delle grosse pattumiere, soprattutto di plastica. Di questo passo, nel 2050 la plastica in mare sarà maggiore del pesce; gli uccelli marini hanno già risentito di questo problema portandone le tracce nel loro stomaco, dove gli esperti hanno rinvenuto parti di plastica.

Oltre a tutto questo c'è lo sfruttamento ittico, che porta a prelievi sproporzionati con metodi impattanti, senza una selezione del pescato, finendo per catturare prede accessorie quali uccelli marini, tartarughe, balene, delfini e foche.

Per comprendere il problema, si pensi che per un chilo di gamberetti, vengono uccisi 24 chili di altre creature marine.

Mentre per la pesca del tonno si contribuisce alla morte di 145 specie.

L'acquacoltura, cioè l'allevamento dei pesci, è stata proposta come alternativa alla pesca ma ha inquinato le acque circostanti con materiali di scarico e ha diffuso malattie tra gli allevamenti.

Altro problema è quello dell'allevamento di pesci carnivori, per i quali sono necessarie prede acquisite con la pesca, che causano un consumo di pesce maggiore di quello offerto.

Per fare spazio a questi allevamenti vengono devastati gli ecosistemi, come mangrovie e paludi, sostituite con allevamenti di pesce.

Ma questo non è tutto. L'aumento della temperatura media globale, ha portato molte specie aliene a espandersi, andando a colonizzare aree prima a loro precluse, causando sovente danni alla biodiversità locale. Inoltre queste specie aliene sono anche, più o meno volontariamente, introdotte per mano dell'uomo stesso, soprattutto con il trasporto nell'acqua di zavorra delle navi, utilizzata per stabilizzare lo scafo, poi scaricata nel punto di arrivo.

98

La plastica

Grande minaccia per l'ambiente, questo materiale viene da sempre sfruttato e poi mal smaltito e, molto di questo, finisce a riversarsi in mare.

Si rammenti che l'80% dei rifiuti che fluttuano nell'Oceano arrivano dalla terraferma, mentre il 20% dalle navi in transito.

Se non si cambia, se non si trova il modo di ovviare a questo problema, nel 2025 si potrebbe arrivare alla presenza nelle acque marine di una tonnellata di rifiuti per ogni tre tonnellate di pesce. Davvero troppo, una catastrofe causata dalla mano dell'uomo, che deve essere fermata.

Questo mare di plastica, compromette l'ecosistema, minaccia la vita marina nella sua interezza.

Gli studiosi sostengono che sono 690 le specie minacciate dai rifiuti nel mare, di cui il 17% sono a rischio di estinzione.

La plastica in sé non è l'unica minaccia per le specie marine. Un'altra minaccia arriva dalle microplastiche, presente nei cosmetici, nei prodotti per l'igiene personale e molti altri. Queste, essendo di piccole dimensioni e spesso colorate, vengono ingerite dagli animali marini, scambiate per cibo e, in molti casi, causano avvelenamento dell'animale o, peggio, la morte.

Ozone Hole

L'ozono è una molecola triatomica dell'ossigeno che si forma per azione dell'energia solare ed è quasi tutto nella stratosfera.

L'ozono ha il ruolo di assorbire le radiazioni ultraviolette provenienti dal Sole, nocive per gli esseri viventi e che possono causare cancro nell'uomo e danni alla vegetazione.

Il buco dell'ozono è una riduzione ciclica, principalmente primaverile, che porta alla riduzione dello strato di ozono stratosferico.

La riduzione arriva fino al 71% in Antartide, dove comincia a svilupparsi in agosto e massima estensione in ottobre, per poi sparire a dicembre, e al 29% nell'Artide.

Il fenomeno del buco dell'ozono ha un'importanza cruciale per la nostra stessa esistenza: l'assottigliarsi dello strato di ozono presente nell'atmosfera determina, infatti, come detto, conseguenze gravissime sia sull'intero ecosistema, sia sulla nostra stessa salute.

Cos'è il buco dell'ozono?

Quando si parla di buco dell'ozono si intende il progressivo assottigliarsi dello strato di ozono presente **nella stratosfera,** uno dei cinque strati di cui è composta l'atmosfera terrestre. La stratosfera assorbe i raggi ultravioletti del Sole e, proprio grazie allo strato di ozono, ne trattiene la maggior parte. Questo gas è quindi fondamentale per garantire la vita sulla Terra: senza di esso i raggi ultravioletti non sarebbero filtrati e arriverebbero a noi in grandissime quantità.

La quantità di monossido di cloro ritrovati nei cieli dell'Antartide, ha fatto pensare all'incidenza dei clorofluorocarburi (i famosi CFC della lacca e dei deodoranti), ritenuti inerti e utilizzati nell'industria del freddo e come propellenti, già nei primi anni del '900. Oggi, l'utilizzo ne è stato bandito a livello mondiale.

Le cause che portano allo sviluppo del buco nell'ozonosfera sono: la formazione di un vortice polare che si sviluppa in inverno e che porta all'isolamento di aria al suo interno, l'abbassamento della temperatura nel vortice, con formazione di nubi polari, la formazione di reazioni sulla superficie delle nubi polari che attivano il cloro. Tutte queste concause portano alle conseguenze solo al ritorno della luce solare, che avviene in primavera, portando a un processo rapido e progressivo per i due mesi successivi.

Lo strato di ozono ha subito, nel tempo, variazioni per cause naturali, assottigliandosi leggermente in alcuni periodi ma questo non ha mai destato grandi preoccupazioni.

Si è iniziato a parlarne negli anni '70, quando gli scienziati hanno notato che lo strato di ozono si era assottigliato ulteriormente cominciando a produrre effetti sull'uomo.

Le sostanze inquinanti responsabili del buco dell'ozono, entrando in contatto con i raggi ultravioletti, si degradano e rilasciano nell'atmosfera atomi di cloro e di bromo, che danneggiano lo strato di ozono.

Tutto questo comporta delle conseguenze per la nostra salute.

Se il fenomeno dovesse peggiorare, l'uomo verrebbe esposto in misura maggiore ai raggi ultravioletti, perché verrebbe meno il filtro naturale presente nella stratosfera.

I raggi UV, come sappiamo, sono molto pericolosi per la salute umana in quanto aumentano il rischio di cancro della pelle e di mutazioni del DNA.

Oltre che sull'uomo, le conseguenze di questo fenomeno, colpiscono anche l'ambiente, messo a dura prova dai raggi ultravioletti che vanno a inibire la fotosintesi e, quindi, a influenzare negativamente l'ecosistema.

Tutto questo potrebbe portare a conseguenze catastrofiche.

Se lo strato di ozono dovesse venire a mancare completamente nella stratosfera, la vita, come la conosciamo, sarebbe impossibile.

Le piante smetterebbero di crescere e, in breve tempo, morirebbero. Gli uomini, se non si ammalassero, sarebbero comunque impossibilitati a sopravvivere in un mondo desertico e privo di vegetazione.

Le conseguenze sul lungo periodo sarebbero, quindi, catastrofiche sull'ambiente, sull'uomo, sugli animali.

Lo scenario che si prospetta è quindi apocalittico. Per questo motivo, il fenomeno del buco dell'ozono è un argomento importante sul tavolo di discussione dei Paesi Sviluppati. Bisogna trovare misure per limitare la produzione di agenti inquinanti pericolosi e bisogna farlo al più presto.

Come in una serra

L'effetto serra è il fenomeno di riscaldamento globale del pianeta, a causa di alcuni gas presenti nell'atmosfera. I maggiori responsabili sembrano essere l'anidride carbonica, il metano e il vapore acqueo.

Per un certo verso, l'effetto serra consente alla Terra di essere ospitale e poter consentire la vita. Grazie a questo effetto, la temperatura media si aggira intorno ai 15°C. Senza di questo scenderebbe a -15 °C, non consentendo la vita, così come la conosciamo.

La spiegazione sta nel fatto che i gas presenti nell'atmosfera filtrano le radiazioni solari e non consentono la fuga di radiazioni infrarosse. I raggi solari sono in parte riflessi verso l'alto e in parte assorbiti dalla Terra, per essere riemessi con raggi infrarossi.

Questo fenomeno, tuttavia, non ha solo effetti positivi, ma potrebbe essere fonte di effetti negativi sull'ambiente.

Quando il surriscaldamento diventa eccessivo si mette a rischio l'equilibrio degli ecosistemi e della biosfera.

Ma allora perché parliamo di effetto serra?

La risposta la troviamo nella distinzione tra l'effetto serra naturale e quello dovuto all'intervento dell'uomo.

Il primo, consiste in un sistema di regolazione della temperatura dovuto alla presenza dei gas naturali nell'atmosfera.

Il secondo, è causato dall'eccessiva presenza di gas prodotti per mano dell'uomo, quali anidride carbonica e metano.

Con l'eccessivo surriscaldamento e la sospensione per decenni dell'anidride carbonica nell'atmosfera, gli effetti negativi si accumulano con conseguenze che, seppur discontinue, diventano irreversibili.

Oggi, gli effetti cominciano ad aggravarsi, manifestandosi sotto forma di fenomeni naturali, che di naturale non hanno più nulla. Si arriva a fenomeni estremi, come uragani, tempeste e inondazioni.

A questi fenomeni citati, si aggiungono lo scioglimento dei ghiacciai e la desertificazione, sempre più accentuati.

Le cause? Il progresso mal gestito. L'uomo non ha saputo sfruttarlo senza distruggere l'ambiente che lo circonda, senza distruggere la casa che lo ospita, la Terra.

La causa principale è l'utilizzo di combustibili fossili come anche l'uso di auto continuamente, anche quando non necessario; l'impossibilità per l'uomo stesso di comprendere che l'utilizzo parsimonioso di questi mezzi potrebbe rallentare il processo, fa sì che di anno in anno, il problema diventi sempre più evidente.

Oltre ai combustibili, si aggiunge la deforestazione, che porterà presto alla desertificazione del pianeta.

Ma tutto questo può essere fermato? La risposta è no. Però si può rallentare questo processo che, se non si intervenisse, potrebbe portare alla fine della vita e alla perdita di un intero pianeta.

Il clima è impazzito

Quante volte avete sentito questa frase? Ma è impazzito davvero?

I cambiamenti climatici sono eventi naturali che avvengono nel corso del tempo, non in anni, ma decenni, secoli. Consentendo alle specie viventi di adattarsi attraverso la selezione.

Solo in rari casi, questo avviene bruscamente, con shock climatici, nel lasso di un breve tempo. Per esempio, a causa di un asteroide che impatta sulla Terra o un imponente eruzione vulcanica.

A tutto questo, però, aggiungerei purtroppo, si somma l'intervento umano, che è quasi pari a uno shock esterno, perché le conseguenze sono imponenti e rapide.

Il clima è impazzito? No, l'uomo lo è. Perché non si rende conto che questa è l'unica Terra che ha e continua imperterrito a disinteressarsi del suo futuro.

Si parla di meteoriti. Qualcuno ci scherza. Ma se si procede di questo passo, il grande shock che potrebbe portare a una nuova era glaciale potrebbe essere proprio la sconsideratezza dell'uomo.

I ghiacciai, acqua per tutti.

L'effetto serra non risparmia gli immensi ghiacciai presenti sulla Terra. Il loro scioglimento provocherebbe l'innalzamento del livello del mare ma non solo.

Oltre a questo, lo scioglimento dell'acqua dolce dei ghiacci polari rischia di modificare la composizione salina degli Oceani, il che andrebbe a creare gravi cambiamenti nel flusso delle correnti.

Tutto questo potrebbe far piombare alcune zone terrestri in una nuova Era Glaciale.

Senza contare che le specie viventi non troverebbero più un ambiente ideale. Gli animali marini dovrebbero adattarsi alla nuova composizione con l'acqua dolce. Quelli d'acqua dolce, probabilmente, morirebbero quasi immediatamente.

Pian piano si andrebbe a stravolgere una catena alimentare che ci consente di sopravvivere. L'ambiente ne subirebbe le conseguenze e l'uomo potrebbe non avere altra scelta che adattarsi.

Tutto questo lascia perplessi quando si sente parlare di vegetariani e vegani che vorrebbero difendere le specie animali e che, poi, utilizzano migliaia di quei prodotti in plastica: non fa altro che

andare a colpire proprio quelli che pretenderebbero
di difendere, gli animali.

Domanda lecita

Ma l'effetto serra come ci tocca, oltra ai cambiamenti che, per ora, non ci riguardano direttamente.?

Questo incide sicuramente sulla nostra salute.

I primi a subirne le conseguenze sono i soggetti asmatici o cardiopatici. Questo perché, il surriscaldamento, sottopone a grandi sforzi del sistema cardiovascolare, impegnato a mantenere stabile la temperatura corporea, e anche il sistema respiratorio.

Si rammentino i decessi tra gli anziani nell'estate del 2003, causati dall'eccessivo caldo.

Oltre a questo, il caldo impatta anche sulla distribuzione di malattie infettive, come malaria, febbre gialla, encefalite. Inoltre, favorisce la diffusione delle zanzare come veicolo di infezione.

E che dire delle risorse idriche? Anche qui la temperatura in aumento, favorisce la presenza di microorganismi e questo è sfavorevole, soprattutto, per le popolazioni che ancora non usufruiscono di acqua depurata.

Si aggiunga a tutto questo la riduzione dell'umidità delle zone tropicali, l'impoverimento dell'agricoltura e un aumento delle carestie.

Tutto questo porta a una maggiore distinzione tra ricchi e poveri e di conseguenza alla migrazione degli abitanti del sud del mondo, sconvolto da carestie e malattie, verso il nord del mondo.
Quello che preoccupa di questi conflitti sociali è il fatto che, prima o poi, si sposteranno nei paesi più avanzati, colpevoli di aver sempre guardato da un'altra parte e di non aver distribuito equamente le ricchezze.

Le piogge acide

Le piogge acide si formano con le precipitazioni piovose che si mescolano con particelle e gas, sospese nell'atmosfera.

Le particelle tendono a depositarsi al suolo con deposizione umida, proprio con la pioggia, o con neve e nebbia.

I componenti acidi maggiori sono gli ossidi di zolfo e gli ossidi di azoto, normalmente presenti nell'atmosfera in quantità minima, aumentati, però, dall'attività umana. Questo aumento ne comporta, quindi, la precipitazione con la formazione delle piogge acide.

La ricaduta avviene sia in forma umida (pioggia), sia in forma secca (semplice deposizione al suolo).

Nella forma secca l'acidità si ottiene solo dopo la deposizione. In quella umida, invece, le piogge acide si formano prima della deposizione. In quest'ultimo caso l'ossido di zolfo combinato con l'acqua forma l'acido solforico e l'ossido di azoto forma l'acido nitrico.

La riduzione del pH della pioggia, causato da questi elementi, provoca danni alla vegetazione, con riduzione della crescita e danni alle costruzioni, provocando un effetto corrosivo sulle strutture.

Anche il cemento armato non rimane indenne

all'effetto dell'acido solforico. Si pensi alle strutture di ponti e grandi costruzioni.

Anche la visibilità risulta ridotta dalle particelle presenti nella pioggia.

E che dire della salute? Sia con l'inalazione diretta, sia con l'ingerimento di alimenti tossici, causano patologie circolatorie e respiratorie e un aumento di forme tumorali, soprattutto a livello polmonare.

Inquinamento e salute

Anche l'OMS è intervenuta in merito all'impatto sulla salute dell'inquinamento atmosferico, inserendo proprio la salute dell'individuo nella lista delle urgenze da affrontare nel 2019.

Le vittime causate dall'inquinamento aumentano di anno in anno, colpite da infarti, ictus, tumori e malattie respiratorie.

L'esposizione alle polveri sottili è legata a diverse patologie e, lo smog, sembra influire anche sull'aterosclerosi.

Essendo l'apparato respiratorio la porta d'ingresso nel corpo dell'aria, viene colpito da malattie acute e croniche, tra cui allergie, infezioni, tumori, bronchiti croniche e asma.

Allo studio è stata inserita anche una malattia progressiva, la fibrosi polmonare idiopatica.

Quelli più evidenti sono i danni da sigaretta, sia per fumo passivo, sia per aspirazione.

Cancro

Oggi il nesso tra inquinamento e cancro è stato dimostrato e nel 2013, lo IARC ha inserito l'inquinamento e il particolato tra i cancerogeni per l'uomo.

Cancro ai polmoni

Il cancro al polmone è il più comune tipo di cancro in tutto il mondo in termini di incidenza (2,1 milioni di nuovi casi nel 2018) e mortalità (1,8 milioni di morti nel 2018).

Le prove più evidenti sono i tumori polmonari tra le persone esposte al particolato e alle polveri fine, che aumentano con l'esposizione che, nel 29% dei decessi, ne è la concausa. Gli studi sono durati anni e il primo inquinante che si sta cercando di eliminare è il fumo di sigaretta.

Cancro al seno

Il cancro al seno è il più comune nelle donne (2,1 milioni di nuovi casi nel 2018) ed è la principale causa di morte per cancro nelle donne in tutto il mondo (627.000 morti nel 2018).

E' il più diffuso tra le donne che non fumano e non tutti i fattori conosciuti spiegano l'aumento dei casi. Ma alcuni studi evidenziano un'associazione con ossidi di azoto e particolato. Però, mentre l'aumento del cancro è correlato con l'inizio del fumo delle donne in giovane età, non si è certi del nesso con l'esposizione agli inquinanti esterni.

Cancro infantile

Nel 2016 è stata diffusa una mappa delle zone più contaminate dell'Italia, associata a patologie tumorali. Dallo studio, si è evidenziato che il rischio di malattia oncologica, nelle zone con maggior concentrazione di inquinanti, aumenta anche del 90%.

Sono aumentati soprattutto i casi di tumore alla tiroide, alla mammella e il mesotelioma, nelle zone evidenziate sulla mappa, causati da diossina, amianto, petrolio, mercurio.

Da uno studio internazionale, invece, emerge che l'Italia è uno dei Paesi, in Europa, con maggiore incidenza di malattie oncologiche infantili. Maggiormente colpiti sono i bambini tra 0 e 14 anni e gli adolescenti tra 15 e 19 anni.

E le altre malattie?

Cancro colorettale

Il cancro del colon-retto è il terzo tumore più comune in entrambi i sessi in tutto il mondo (1,8 milioni di nuovi casi nel 2018). È al secondo posto in termini di mortalità (880.000 morti nel 2018).

Cancro alla prostata

Il cancro alla prostata è il secondo cancro più comune negli uomini in tutto il mondo, con una stima di 1,3 milioni di nuovi casi nel 2018, tenendo conto del 13,5% di nuovi casi di cancro negli uomini. È meno rilevante dal punto di vista della mortalità per cancro, con 360.000 decessi.

Cancro allo stomaco

Nella prima rilevazione degli anni '60 il cancro allo stomaco era il tipo di cancro più comune in tutto il mondo. Ora è il quinto tumore più comune con una stima di 1 milione di nuovi casi nel 2018 (5,7% dei nuovi casi di cancro). Il cancro allo stomaco è al terzo posto termini di mortalità (783.000 morti nel 2018).

Cancro cervice uterina

Il cancro della cervice uterina è il cancro comune nelle donne in tutto il mondo in termini sia di incidenza, sia di mortalità.

Tutti questi tumori, sono aumentati in modo esponenziale con l'aumento dell'inquinamento.

A questi, si aggiunge anche il tumore cerebrale. Il particolato ultrafine, che può penetrare nel cervello, può diventare un ponte per le sostanze chimiche cancerogene.

Uno studio Canadese è arrivato alla conclusione che l'esposizione all'inquinamento può procurare riduzioni intellettive e aumento delle demenze, oltre a problemi di salute mentale, sia negli adulti, sia nei bambini. Fino a causare anche il tumore.

Quindi, non si tratta più soltanto di problemi marginali. Non è 'solo' la bottiglia di plastica intrappolata alla foce del fiume. Non è l'erbaccia incolta che impedisce all'acqua di arrivare al mare. Non è la singola auto che attraversa la città. Ma è il tutto. L'insieme di gesti, spesso inconsapevoli, che portano alla distruzione del mondo intorno a noi.

Cosa fare?

Sono i cittadini stessi che possono migliorare la situazione, con scelte consapevoli, a partire dagli acquisti. I consumi possono modificare il mercato e portare le aziende produttrici a orientarsi verso risorse ecosostenibili.

Le prime cose che si possono fare sono quelle di utilizzare bottiglie di vetro, invece che in plastica, e utilizzare oculatamente l'acqua potabile, evitando gli sprechi. Ma quello che è importante è che si agisca subito, per dare alle future generazioni un ambiente più pulito.

Quindi, basta acqua in bottiglia. Si può sostituire con una borraccia.

Basta creme in vasetti di plastica, riutilizzate gli stessi, cercando creme sfuse (prima o poi arriveranno anche in Italia).

Pretendete la vendita di saponi sfusi. Chiedete le postazioni per l'acqua minerale. Usate, dove presenti, i totem che distribuiscono latte fresco.

Non comprate carni confezionate, ma al banco. Formaggi e verdure anche.

Non comprate merendine per i vostri figlioli, fate delle torte, le ameranno allo stesso modo e non li gonfierete di aria.

Non usate sacchetti di plastica, esistono borse di tela o di carta.

Lasciate l'auto nel garage e comprate una bicicletta, oltre a far bene all'ambiente, farà bene anche a voi.

Questi sono esempi, ma ce ne sono migliaia ancora. Lascio alla vostra immaginazione il resto.

Proiettili di ghiaccio

La grandine è sempre stata temuta per i danni che può provocare alla colture, alle costruzioni, alle auto e, a volte, arrivare a ferire le persone, potendone causare persino la morte.

Il fenomeno è prevedibile, anche se la localizzazione precisa è difficile ed è un fenomeno associato a nubi temporalesche, soprattutto in estate.

La formazione della grandine avviene per il progressivo accrescimento di piccoli nuclei che si muovono su e giù lungo un orizzonte termico intorno a 0 °C.

La grandezza del chicco dipende dalla potenza della turbolenza, più forti sono i venti in risalita, maggiore sarà il peso del chicco.

Se la nube temporalesca acquista energia e potenza sufficiente i chicchi potranno raggiungere dimensioni notevoli, come quelli precipitati in provincia di Napoli nel settembre del 2015, con chicchi che pesavano fino a 1 chilo.

20 gennaio 2020, Australia

A Camberra, il cielo si è improvvisamente oscurato, scatenando, poco dopo, la sua furia. Chicchi di grandine grossi come palline da ping-pong sono stati sparati verso il suolo, distruggendo auto, tetti e ferito diversi volatili.

Tutto questo, dopo una tempesta di sabbia nella città di Parkes. Un muro di polveri con raffiche di vento fino a 100 km/h, che ha oscurato il sole.

Tutto questo può essere spiegato dall'enorme siccità del terreno, colpito da poco dagli incendi che hanno devastato il territorio.

Gli incendi e le tempeste di sabbia sono stati sicuramente esasperati dal caldo e dalla siccità, davvero straordinari. In Australia le piogge sono diventate sempre più rare, con cause evidenti come l'inaridimento dei terreni e la morte degli animali.

In queste zone, il clima è già avviato al cambiamento radicale che colpirà l'intero pianeta se l'uomo non agirà immediatamente. Se non verrà fermato, questo fenomeno prenderà la strada del non ritorno.

La causa principale di tutto questo è il riscaldamento globale.

Il riscaldamento globale mette il turbo

Secondo l'organizzazione metereologica mondiale sul riscaldamento globale, o global warming, sta accelerando. I segnali si rilevano nell'aumento del calore terrestre e degli Oceani, nell'innalzamento del livello del mare e nello scioglimento dei ghiacci.
In un rapporto si legge che il 2019 è stato il secondo anno più caldo dal 1850 e che il decennio 2010-2019 è stato il decennio più caldo.
Da questo rapporto si evince l'urgenza di un'azione climatica per evitare le conseguenze che potrebbero impattare sulla salute e sull'economia.

Gennaio 2020

Un mese anomalo, un caldo mai registrato, con temperature anomale. Fumo e inquinanti provenienti dagli incendi in Australia si sono spostati, provocando, in altre regioni, picchi di anidride carbonica.

In Antartide, la variazione delle temperature ha portato alla fusione del ghiaccio e alla frattura di un ghiacciaio che minaccia l'innalzamento del livello del mare, che già sta aumentando a un ritmo crescente, in gran parte a causa dell'espansione termica dell'acqua del mare e dello scioglimento dei ghiacciai non solo in Antartide, ma anche in Groenlandia.

Tutto questo, minaccia le aree costiere e le isole, a rischio inondazione e, nelle zone basse, a rischio sommersione.

Il calore del mare

La maggior parte dell'energia in eccesso che si accumula nel sistema climatico, dovuta all'aumento dei gas serra, si riversa nell'Oceano.

Il riscaldamento che ne consegue va a contribuire all'innalzamento del livello del mare, attraverso l'espansione termica dell'acqua. Modifica le correnti, altera i percorsi delle tempeste, scioglie i banchi di ghiaccio.

Insieme all'acidificazione e alla disossigenazione degli Oceani, il riscaldamento degli stessi minaccia pericolosi cambiamenti degli ecosistemi.

Inquinamento e cibo

Le variazioni climatiche hanno contribuito all'aumento della fame nel mondo.

Tra i Paesi colpiti da crisi alimentari, il clima e la sua variabilità sono il fattore trainante, insieme allo shock economico e ai conflitti in essere.

L'aridità eccezionale del 2019, seguita da piogge e inondazioni della fine dell'anno, che hanno portato anche all'invasione di locuste nel Corno d'Africa, potrebbero portare a una grave minaccia alla sicurezza alimentare.

Ma le persone, cosa ne pensano?

Il riscaldamento globale è un problema urgente per un quarto degli italiani. Secondo il Rapporto Italia 2020, presentato da Eurispes, i cambiamenti climatici sono motivo di preoccupazione immediata per il 26,6% dei cittadini del Bel Paese. Un dato che si scontra con quello relativo alla disponibilità a cambiare le proprie abitudini per tutelare il clima: circa un terzo degli intervistati si sarebbe dichiarato contrario.

Se il dato relativo al **riscaldamento globale** è il più alto, con il valore massimo (34,3%) toccato nella fascia tra i 18 e i 34 anni, a seguire si trovano:

- **la gestione dei rifiuti (20,7%);**
- **l'inquinamento atmosferico (16,4%);**
- **il dissesto idrogeologico (11,3%);**
- **la questione energetica (11,2%).**

Mentre solo il 5,4% considera i problemi ambientali come non gravi.

La gestione dei rifiuti risulta essere il tema più caldo per la fascia d'età 35-44, mentre per gli over 65 è la questione energetica.

Riguardo la disponibilità a modificare le proprie abitudini il 34,7% è pronto a ridurre i propri consumi, mentre il 33,2% crede che sia utile soltanto nel caso in cui siano in molti a prendere tale decisione.

Vi è, infine, un 32,1% che dichiara di credere che tale opzione non sia praticabile, per varie ragioni.

Il 17% la ritiene una questione troppo grande per i singoli individui, un ulteriore 9,7% non è molto propenso a modificare le proprie abitudini, mentre il restante 5,4% non pensa che serva a qualcosa.

In merito, infine, ad alcune specifiche pratiche, gli italiani si sono così espressi:

- il 79,4% punta sulle lampadine a basso consumo per ridurre l'energia utilizzata;
- il 74,4% è pronto ad acquistare merci che non presentino imballaggi in plastica;
- il 72,2% si è detto disposto a diminuire l'impiego dell'auto privata;
- il 71% intende utilizzare meno i condizionatori durante il periodo estivo;
- il 70,1% è disponibile a ridurre il consumo di acqua durante la doccia o il bagno;
- il 63,2% è favorevole all'acquisto di impianti fotovoltaici;
- il 59,7% è disposto a rinunciare ai viaggi in aereo.

Quindi, non tutti sono d'accordo a trovare una soluzione. Non tutti sono disposti a sacrifici. E, soprattutto, non tutti dichiarano il vero. Perché con questi numeri, almeno una parte dei problemi dovrebbero essere risolti. Si dichiarano disposti a fare qualcosa, ma perché non lo hanno ancora fatto?

La terra si ribella come può

La terra trema. Le strutture non reggono. La gente muore. Questo anche a causa dell'elevata urbanizzazione e per l'elevata vulnerabilità delle strutture.

La conoscenza dei terremoti avvenuti in passato è fondamentale perché ci permette di prepararci all'arrivo di nuovi eventi sismici, che sicuramente torneranno a verificarsi.

Questa conoscenza va associata alla consultazione delle mappe della pericolosità sismica ufficiali. Negli ultimi 50 anni, in Italia, e non solo, si sono susseguiti decine e decine di terremoti, a volte devastanti, a volte clementi con le popolazioni, in ogni caso colpite al cuore delle loro case e dei loro affetti.

La maggior parte dei crolli poteva essere evitata. Gli edifici potevano essere messi in sicurezza. Le nuove costruzioni potevano, e dovevano, essere effettuate seguendo le norme antisismiche e la costruzione a regola d'arte. La maggior parte delle volte non è accaduto. Per interessi, per negligenza, perché 'tanto che vuoi che accada'. E poi, sotto a quelle macerie si sono spenti i sogni di centinaia di persone. Colpevoli solo di essersi fidate

14 gennaio 1968 Belice, Sicilia

Dal 14 gennaio del 1968, una serie di forti terremoti crea gravi danni nella zona della Sicilia occidentale conosciuta come Belice, fra Trapani e Palermo.

Le scosse più forti si hanno nella notte fra il 14 e il 15. La più forte di tutte con magnitudo di 6.1 causa i danni maggiori.

A Gibellina Vecchia, Montevago e Salaparuta Vecchia, si arriva al 10° grado nella Scala Mercalli, cioè distruzione totale.

Le vittime del sisma si contano a centinaia. Oggi sui luoghi dove sorgeva Gibellina vecchia è sorto un monumento, il cretto di Burri.

Il cretto di Burri è un'opera artistica realizzata sul luogo in cui sorgeva Gibellina, distrutta dal terremoto.

Quella che ha salvato parecchie vite è stata la paura. Perché le persone, prese dal panico, hanno passato la notte in macchina o all'aperto. Scelta strategica, in quanto la scossa più forte si registrò proprio di notte.

La stessa fortuna non tocca al vigile de fuoco che, mentre scava tra le macerie, viene sorpreso da una scossa inaspettata, il 25 gennaio, che non gli ha lasciato scampo.

Si parla di fortuna. Ma la vera fortuna sarebbe poter dormire tranquilli nelle proprie case, senza temere di risvegliarsi sotto a metri di cemento o, peggio ancora, di non svegliarsi affatto.

6 maggio 1976 Friuli

Nel 1976 una serie di forti terremoti sconvolge il Friuli. L'evento più potente, di magnitudo 6.5, si verifica il 6 maggio 1976, alle 21 e viene seguito da numerose repliche nei giorni e nei mesi successivi.
La scossa interessa 120 comuni delle province di Udine e Pordenone.
Gli effetti peggiori si hanno lunga la media valle del Tagliamento, ma anche nell'area carnica. Dani più modesti si verificano fino a Gorizia e Trieste.
Il terremoto viene avvertito fino a Roma, in Austria, Svizzera, Germania, con danni anche in Austria e Slovenia.
Il bilancio è molto pesante, con 965 vittime, 3.000 feriti e quasi 200.000 sfollati.
Le aree più vicine all'epicentro sono i comuni di Gemona e Artegna.

16 Settembre 1976 Friuli

Dopo una relativa calma durante i mesi estivi, l'11 settembre e il 15 settembre, si verificano altri forti terremoti, con magnitudo compresa fra 5.8 e 6.0.
Il 16 settembre del 1977 segue un'altra forte scossa.

23 novembre 1980 Irpinia

Quel 23 novembre resterà nella memoria di chi lo ha vissuto. Alle 19.34 di una sera di novembre stranamente calda, la terra trema, per un tempo interminabile: 90 secondi.

Un minuto e mezzo che ha lasciato alle sue spalle macerie e morti di interi paesi.

Si contano 3.000 morti, 9.000 feriti, 300.000 sfollati e 150.000 case distrutte. Un disastro immane che ha colpito la Campania e la Basilicata.

119 comuni colpiti, con 99 di questi completamente in ginocchio.

Anche Napoli avverte il sisma e la gente si riversa in strada. Per alcuni giorni, pieni di incertezze, perizie e freddo, le persone dormono in auto. Sistemati alla meglio, con il terrore di non poter tornare nelle proprie case.

È stato uno dei terremoti **più forti e devastanti del XX secolo in Italia.**

Il sisma, di magnitudo 6.9, pari al 10° della Scala Mercalli, causa enormi devastazioni in un'area situata fra Campania e Basilicata, fra le province di Avellino, Salerno e Potenza.

Una delle aree più colpite è l'Irpinia, e per questo è conosciuto come il terremoto dell'Irpinia.

Purtroppo, la gravità di quello che sta accadendo non viene rilevato subito e i telegiornali parlano di una scossa in Campania. Questo a causa dell'interruzione totale delle telecomunicazioni, che impedisce la richiesta di soccorso.

Solo nella mattinata del 24, una ricognizione aerea evidenzia le reali dimensioni del disastro.

Le difficoltà a raggiungere via terra i luoghi del disastro dovute all'isolamento geografico delle aree interessate e i danni alle infrastrutture, come i sistemi di energia elettrica e le comunicazioni, non consentono un soccorso immediato e adeguato. Oltretutto, la mancanza di un gruppo organizzato come la Protezione Civile, non ancora costituita, non consentono un soccorso tempestivo e mirato.

Il ritardo nei soccorsi e l'indignazione del Presidente della Repubblica, Sandro Pertini, portano proprio alla nascita del moderno sistema di Protezione Civile di cui è dotata oggi l'Italia.

7 maggio 1984, San Donato Val di Comino

Fra il 7 e l'11 maggio 1984, un terremoto di magnitudo 5.9 colpisce l'Appennino centrale. La zona più colpita è la Marsica, ma subiscono danni anche la zona di Sora e il Parco Nazionale d'Abruzzo, il Lazio e il Molise.

La prima scossa si verifica alle 19.49 del 7 maggio, con magnitudo pari a 5.9.

Il giorno 11, alle 12.41, si ha la seconda scossa di magnitudo 5.5. Tra i due eventi si verificano altre scosse fino a magnitudo 4.

I comuni più colpiti sono quelli situati fra le province dell'Aquila e di Isernia.

Si verificano gravi danni nei piccoli borghi di montagna e si contano tre vittime indirette a seguito del sisma.

13 dicembre 1990 Carlentini, Sicilia.

Il terremoto di S. lucia

La notte tra il 12 e il 13 dicembre, un terremoto di magnitudo 5.6 con epicentro nel Golfo di Augusta, causa gravi danni in provincia di Siracusa, in Sicilia.

Conosciuto come il terremoto di Carlentini, o di santa Lucia perché avviene nella notte del 13 dicembre, causando 17 vittime, tutte nella provincia di Siracusa, centinaia di feriti e 15.000 sfollati.

La scossa più forte, di magnitudo 5.6, con intensità di 8° grado della Scala Mercalli, si ha dopo l'una di notte, seguita nei giorni successivi da altre scosse.

La scossa interessa circa 250 località in provincia di Siracusa e Catania, ma viene sentita anche in provincia di Reggio Calabria.

Vengono dichiarati inagibili 7.104 edifici, tra i quali 54 scuole.

Questo terremoto viene anche ricordato come il terremoto dei silenzi, per la rapida scomparsa dai notiziari, impegnati su altri fronti, come la Guerra del Golfo, e per le polemiche sull'attribuzione dell'intensità del sisma.

Le polemiche non si fermano e si legge in un rapporto che nelle località particolarmente colpite vengono rilevate gravi carenze edilizie e gravi negligenze nella valutazione dei terreni dove si autorizza l'edificazione.

Le strutture risultano fatiscenti e mal curate, con ristrutturazioni che non tengono conto dei criteri antisismici.

Come al solito le domande non mancano e, ad alcune, ancora non si riesce a dare risposta.

E quella notte sarà ricordata come la notte in cui S. Lucia non ha portato i consueti doni, ma c'è stato solo sgomento e terrore.

26 settembre 1997 Umbria e Marche

Il terremoto che sconvolse Marche e Umbria

E' il primo grande terremoto successivo a quello dell'Irpinia e sconvolge l'opinione pubblica, grazie anche all'intenso interessamento da parte dei media.

Alle 2.33 della notte tra il 25 e il 26 settembre, la prima scossa, preludio di quello che accadrà da lì a poco, scuote la terra dell'Italia Centrale. In particolare, l'Umbria e le Marche.

Il movimento sismico, con una magnitudo 5.5 e un'intensità pari all'8° grado della Scala Mercalli, si muove lungo gli Appennini, proprio tra le due regioni colpite.

La prima scossa si avverte alle 2.33 di notte, con epicentro a Cesi, con una magnitudo di 5.8 e sveglia mezza Italia, provocando due vittime.

Alle 11.40 arriva la scossa più forte, con una magnitudo di 6.1, con epicentro ad Annifo, a pochi chilometri da Cesi. Questa nuova scossa causa il crollo di diversi edifici già danneggiati nella notte.

Ma non finisce qui. Nei mesi successivi si sussegue una serie eventi sismici, con migliaia di scosse che danneggiano per settimane queste regioni.

Il bilancio finale è di 11 morti, 100 feriti e più di 80.000 edifici danneggiati, tra cui la Basilica di San Francesco d'Assisi. con il crollo della volta, a cui si aggiungono il crollo della lanterna del palazzo comunale di Foligno e il danneggiamento degli antichi borghi medievali di montagna.

31 ottobre 2002 Molise

Tra il 31 ottobre e il 2 novembre del 2002, diverse scosse colpiscono il Molise e la Puglia, con epicentro tra Santa Croce di Magliano, S. Giuliano di Puglia e Larino, in provincia di Campobasso, zona fino ad ora considerata a basso rischio sismico.

La scossa maggiore, di magnitudo 5.8, alle 11.32 del 31 ottobre, colpisce il Molise, in particolare la provincia di Campobasso, con una durata di 60 secondi.

L'evento causa la morte di 30 persone, tra cui 27 bambini, per il crollo di una scuola a San Giuliano di Puglia, in provincia di Campobasso. Ai morti, si aggiungono 100 feriti e 2.925 sfollati solo a Campobasso.

A San Giuliano di Puglia la scossa maggiore provoca il crollo di un solaio della scuola Francesco Jovine, intrappolando 57 bambini, 8 insegnanti e 2 bidelli.

Memori di quanto accaduto, la nuova Jovine, è stata ricostruita con tecniche innovative con attenzione alla protezione sismica.

6 aprile 2009 L'Aquila

Alle 3.32 del 6 aprile, una violenta scossa di terremoto si abbatte su L'Aquila. La scossa principale ha magnitudo 6.3 e interessa buona parte dell'Italia Centrale.

Il terremoto sorprende le persone in piena notte e le vittime sono 309, 1.600 i feriti e almeno 80.000 gli sfollati.

Crollano anche strutture pubbliche come la Casa dello Studente e parti dell'Università e dell'Ospedale.

Il terremoto viene avvertito molto distintamente in tutta l'Italia Centrale, fino a Roma e Napoli, dove vengono lesionate alcune strutture archeologiche.

La scossa principale si colloca in una serie di eventi sismici in atto già da dicembre, in quanto la prima scossa si ha il 14 dicembre 2008, seguita da una scossa il 16 gennaio 2009 alla quale si susseguono scosse via via più forti, fino a quello del 6 aprile.

Ma, dopo il 6 aprile, lo sciame non smette, nelle 48 ore successive si contano altre 256 scosse, 150 delle quali il 7 aprile di cui 56 con magnitudo maggiore a 3.0.

Tre scosse di magnitudo superiore a 5.0 si registrano tra il 6 e il 9 aprile.

Ancora una volta emerge una totale impreparazione dell'Italia al continuo succedersi di terremoti forti, nonostante siano note da tempo le aree a maggior rischio.

20 maggio 2012 Emilia

Sono le 4:03 del 20 maggio, con tutti ancora a letto, e la terra comincia a tremare, tanto da svegliare tutti. Non una scossa lieve, ma con magnitudo 5.9 e una durata di 20 secondi. Al termine si contano 7 morti e 50 feriti e 5.000 sfollati.

La scossa si avverte a Modena, Ferrara, Bologna, Rovigo e Mantova.

Come spesso si verifica, questa scossa fu preceduta da un'altra scossa di magnitudo 4.0, solo poche ore prima.

In seguito a questa scossa, si rilevarono altre scosse che spaventarono la popolazione, ma senza provocare ulteriori danni.

Il 29 maggio, alle 9:00, un 'altra scossa della durata di 30 secondi, di magnitudo 5.8, porta nuovi crolli, 20 morti e 350 feriti. Gli sfollati salgono a 15.000.

In seguito, si registrano altre due scosse di magnitudo rilevante, con la chiusura del Palazzo Ducale di Mantova e del Palazzo della Sapienza a Pisa.

Successivamente, tra il 29 e il 30, si registrano una sessantina di scosse, fino a una nuova forte scossa, alle 21:20 del 3 giugno, con epicentro a Novi di Modena, di magnitudo 5.1 avvertita in tutto il nord Italia.

2016-2017, il terremoto dell'Italia centrale

Fra l'agosto del 2016 e il gennaio del 2017 si sono verificati forti terremoti sull'Appennino Centrale, fra Lazio, Umbria e Marche. L'evento sismico più forte è stato quello del 30 ottobre, con magnitudo 6.5, il terremoto più forte in Italia dopo quello dell'Irpinia del 1980.

Il terremoto del 24 agosto ha creato danni devastanti fra i Comuni di Amatrice, Accumoli e Arquata del Tronto, causando 299 morti.

A ottobre del 2016 e a gennaio del 2017 i terremoti hanno colpito anche le aree più settentrionali, lungo la catena dei Monti Sibillini, causando ancora gravi danni.

Il 24 agosto 2016, alle 3:36, ad Amatrice si verifica una scossa di magnitudo 6.0. Il sisma viene percepito da Bologna a Foggia e distrugge quasi completamente i quattro centri abitati prossimi all'epicentro.

Le vittime sono 299, di cui 239 ad Amatrice, alle quali si aggiungono altre 4 vittime nei mesi successivi. I feriti ammontano a 388 e 41.000 sono gli sfollati.

26 dicembre 2004

Un terremoto di magnitudo 9.3, uno dei più violenti registrati, nell'Oceano Indiano al largo della costa Indonesiana, causa un maremoto con onde alte 14 metri, che portarono a una serie di tsunami sulle coste dell'Asia, causando 230.000 morti (anche se il conto totale potrebbe sfiorare le 300.000 vittime), con onde che giunsero fino al Kenya, a 4.500 km dal punto in cui si era verificato il terremoto.

12 gennaio 2010 Port-au- Prince Haiti

Quattro scosse di terremoto, la prima di magnitudo 7.3, la seconda di 5.9, la terza di 5.5 e la quarta di 5.1, hanno fatto tremare, concentrate in una sola ora, l'isola caraibica, seminando morte e distruzione.

E' il terremoto più violento nella storia dell'America settentrionale e meridionale, colpisce Haiti causando quasi 300.000 morti e 2,1 milioni di sfollati. Circa quattromila scuole vengono danneggiate o distrutte, così come gran parte della capitale Port-au-Prince, che ancora oggi giace in macerie. La capitale ha perso anche un ospedale che è crollato.

Alle scosse segue un allarme tsunami per tutta la zona delle Antille, anche se a titolo precauzionale.

Manca l'acqua

Nel 2011, il Kenia, la Somalia, l'Etiopia e il Gibuti sono colpiti dalla peggiore siccità degli ultimi sessant'anni. Le conseguenze della crisi alimentare si ripercuotono su dodici milioni di persone: più di 500 000 bambini soffrono di grave denutrizione e rischiano di morire di fame, altri 1,6 milioni di persone sono esposti a un rischio elevato di contrarre malattie. L'aumento dei prezzi dei generi alimentari e il violento conflitto in Somalia non fanno che peggiorare la situazione.

Un tifone

Le Filippine sono tra le dieci regioni al mondo più a rischio di catastrofi naturali.

L'8 novembre 2013, il tifone Haiyan, uno dei più devastanti della storia, distrugge interi villaggi, ospedali e scuole, e con essi le basi vitali di sei milioni di bambini.

Le più colpite sono le isole dell'arcipelago delle Visayas, nelle Filippine centrali e orientali, dove l'uragano rade al suolo le abitazioni, interrompe le linee elettriche, danneggia i sistemi di comunicazione, e causa innumerevoli feriti e diverse migliaia di morti.

Nei primi sei mesi dopo la catastrofe, l'UNICEF e i suoi partner distribuiscono acqua potabile a un milione di persone, forniscono l'accesso a latrine a quasi 100.000 persone e vaccinano 83 000 bambini contro il morbillo.

L'UNICEF distribuisce, inoltre, materiale didattico e ludico a 470.000 bimbi, consente a 135.000 allievi di seguire lezioni in scuole d'emergenza e allestisce 128 centri per l'infanzia, frequentati regolarmente da 25.000 piccoli.

Nel quadro di un programma pilota, oltre 15.000 famiglie povere ricevono 80 franchi al mese per acquistare cibo e ripristinare le basi esistenziali.

Il ritorno dell'Ebola

Nel 2014 si scrive un capitolo buio della storia della Liberia. Dalla Sierra Leone e dalla Guinea si diffonde il virus dell'Ebola.
È l'inizio della peggiore e più letale epidemia della storia.

La Liberia blocca le frontiere e decreta la chiusura preventiva delle scuole.

In totale, oltre 11.000 persone soccombono al virus, 4.800 nella sola Liberia.

La terra trema ancora

Nepal

Il 25 aprile e il 12 maggio 2015, violente scosse telluriche devastano il Nepal.

In totale, la catastrofe tocca oltre otto milioni di persone, miete 9.000 vittime e lascia 600.000 famiglie senza un tetto.

Nelle regioni più colpite, 1,7 milioni di bambini hanno urgente bisogno di aiuto. I sismi danneggiano o radono al suolo abitazioni, scuole e infrastrutture di importanza vitale, come gli ospedali.

Indonesia

Il 28 settembre 2018, l'isola di Sulawesi, in Indonesia, viene travolta da un terremoto di magnitudo 7,4, seguito da uno tsunami con onde alte fino a sei metri.
La catastrofe costa la vita a oltre 2.000 persone e distrugge o danneggia gravemente, circa 70.000 abitazioni, lasciando senza tetto più di 200.000 persone.
Un mese dopo, si stima che 375.000 bambini nella regione dell'epicentro del sisma dipendano urgentemente dagli aiuti, e che 100.000 piccoli necessitino di sostegno psicosociale per elaborare il trauma.

Il fuoco in Australia

Dopo 240 giorni di incendi devastanti, nel Nuovo Galles del Sud, in Australia, i boschi non bruciano più. Ora si contano i danni e le vittime.

Per la prima volta dal mese di luglio del 2019, non c'è alcun incendio attivo nel Nuovo Galles del Sud. Questo è quanto annunciato in un tweet, firmato dai pompieri dello stato australiano, pubblicato lunedì 2 marzo 2020.

Dopo 240 giorni consecutivi, nel corso dei quali i giganteschi roghi hanno letteralmente divorato le foreste del sud-est del paese, uccidendo 33 persone, distruggendo più di 3.000 abitazioni e radendo al suolo 12,6 milioni di ettari di aree boschive.

Dopo 8 mesi di incendi l'Australia non brucia più
Ora si contano i danni e le vittime.

Per comprendere l'entità dei danni, basti pensare che le compagnie d'assicurazione in Australia potrebbero dover sborsare fino a 1,3 miliardi di dollari per indennizzare i propri clienti. E non tutti coloro che sono stati colpiti avevano sottoscritto polizze contro gli incendi. A loro non resta che attendere un aiuto dal governo federale, che ha aperto un'agenzia che si occuperà di gestire la ricostruzione. Alla quale sono stati concessi stanziamenti per un totale di 2 miliardi di dollari australiani (circa 1,17 miliardi di euro).

Ma al di là del problema di restituire una casa a chi ha visto la propria distrutta dalle fiamme, la fine dei roghi in Australia comporta numerose altre sfide per le autorità.

A cominciare da quelle sanitarie: uno studio ha spiegato che ben il 75% della popolazione è stato colpito dai roghi. Tre milioni di persone in modo diretto e altri 15 milioni in modo indiretto. Compresi gli abitanti di metropoli come Sydney, Melbourne e Canberra, che sono stati costretti a respirare, in modo ripetuto e prolungato, i fumi tossici provenienti dalle foreste in fiamme.

Secondo quanto riferito dalla stampa internazionale, le conseguenze sul lungo periodo sono a oggi difficili da valutare.

In Australia a causa degli incendi sono 113 le specie a rischio estinzione

Come ancora da valutare è l'impatto sulla biodiversità unica dell'Australia.

Secondo le prime stime è pari a più di un miliardo il numero di animali che sono morti a causa degli incendi. Un'ecatombe tale da aver portato a 113 il numero di specie a rischio di estinzione.

E siamo ancora molto lontani da avere un quadro completo della situazione, indispensabile per comprendere quali animali siano riusciti a sopravvivere e dove, ha riportato al quotidiano francese Le Monde John Grand, portavoce dell'associazione animalista Wires.

Anche perché gli animali che sono riusciti a sfuggire ai roghi si trovano in molti casi in zone diventate aride, nelle quali non riescono a trovare cibo e, per questo, muoiono di fame.

La storia dei dodici koala appartenenti ad un gruppo particolarmente importante per la specie (poiché immune da una malattia che decima la popolazione dei marsupiali) è emblematica. Benché salvati e affidati allo zoo di Taronga, a Sydney, dopo tre mesi

non si è ancora riusciti ad individuare un luogo nel quale sia possibile rimetterli in libertà.
I cambiamenti climatici aumentano del 30% il rischio di incendi in Australia,

Biolink

Un altro studio, del gruppo di ricerca Biolink del Fondo internazionale per la protezione degli animali ha spiegato che sono almeno 5.000 i marsupiali morti tra il 1 ottobre 2019 e il 10 gennaio 2020. Ovvero il 12% della popolazione.

E questo dovrebbe dare da pensare. Il 12%, è un'enormità di vita. E con essa, sparisce anche il loro habitat.

Un giorno ci verrà presentato il conto di tanta noncuranza. Un giorno potremmo pentirci di non aver impedito tutto questo. Ma quel giorno, potrebbe essere troppo tardi.

Il clima, ancora

Senza dimenticare che i cambiamenti
climatici hanno aumentato di almeno il 30% i rischi
di incendi estremi in Australia, secondo uno
studio dei ricercatori di World Weather Attribution. E
se la temperatura media globale dovesse
aumentare di 2 °C rispetto all'era pre-industriale, gli
incendi potrebbero essere almeno quattro volte più
frequenti rispetto al passato.

Sars

Nel 2003, a febbraio, in Viet Nam, Hong Kong e a Guangdong, si verificano focolai di una grave forma di polmonite.

L'epidemia parte in Viet Nam, con un caso di sindrome respiratoria acuta di origine sconosciuta.

In seguito al suo ricovero, si ammalano 20 operatori sanitari.

I segni e i sintomi sono riconducibili a un'influenza, accompagnati da trombocitopenia e leucopenia.

A volte la polmonite è bilaterale, con necessità di respirazione assistita.

Il 12 marzo, a Hong Kong si riferisce un focolaio di malattia respiratoria.

Già a metà febbraio, la Cina riferisce 305 casi di polmonite atipica, con 5 morti a Guangdong.

Alle somme, ci si ritrova con 8.000 casi e quasi 800 morti.

Anche in questo caso si suppone che la trasmissione sia avvenuta da animale a uomo, e si punta il dito contro il mercato di animali selvatici.

Stesso destino per il virus che nel 2012 porta alla trasmissione all'uomo, provocando una nuova epidemia, il Mers-Cov.

Ebola, Sars, Mers, Covid-19, Morbillo. Tutte epidemie che stanno flagellando il mondo da anni. Stanno decimando le popolazioni e stanno mettendo a dura prova la comunità scientifica. Ma perché accade? Qual è la scintilla che fa scatenare epidemia di malattie neanche conosciute? Cos'è che porta un virus a infettare l'uomo? Perché? Un caso? Molti indizi ci portano a pensare non sia così.

Se questo è l'uomo

George Floyd, un afroamericano di Minneapolis, addetto alla sicurezza di un ristorante, viene arrestato. L'accusa è di aver utilizzato del denaro falso nell'acquisto di un pacchetto di sigarette.
Quello che succede da quando viene fermato a quando ne viene dichiarato il decesso è mistero. Diciassette minuti. Diciassette minuti che separano George dalla vita. Diciassette minuti che spegneranno la sua vita. Girano voci, si diffondono video. L'opinione pubblica si infiamma. La gente si riversa per le strade a manifestare a gridare il dolore di un odio che sembrava represso e che invece, nel 2020, ancora macchia le mani dell'uomo.
Ma chi ha ucciso George? La polizia!
Coloro che dovrebbero difendere i cittadini, lo hanno brutalmente assassinato. Ucciso non in un momento di rabbia, non in una rissa, in una sparatoria. No. Ammazzato lentamente. Con coscienza e disprezzo. Hanno ucciso un uomo che, anche se colpevole di qualsivoglia reato, era un uomo. Un uomo che li ha supplicati di lasciarlo respirare. Un uomo condannato a morte, senza un processo, perché del colore sbagliato? Forse.
'Non riesco a respirare.' Le sue ultime parole.

Inutile raccontare quanto accaduto dopo. Le proteste, le sommosse, i saccheggi. La dura risposta delle Autorità.

Siamo nel 2020 e ancora devi ringraziare di essere nato del colore giusto, nella città giusta, nella famiglia giusta.

Se questo è l'uomo…

Ma non si parla solo di razzismo. La violenza, ormai, è all'ordine del giorno.

Anziani maltrattati nelle case di riposo. Mogli ammazzate da mariti gelosi. Figli abbandonati ancora con il cordone ombelicale attaccato.

Tutto questo non ha senso. Questo dolore, questo disprezzo, questa follia che stiamo vivendo.

Violenze su violenze, troppo spesso impunite. La paura di denunciare, la paura di essere indicato come diverso. Il terrore di scatenare la furia del nostro carnefice. Ma come è possibile si arrivi a tanto?

Persone trattate come oggetti. Oggetti trattati come persone. Qualcosa di sbagliato è accaduto durante l'evoluzione e sta a noi sistemare quel tassello fuori posto.

Mamma è buio

La cattiveria contro la vita non finiscono. Una notizia scioccante riempie le pagine dei social. Un elefante, gravida, mangia un ananas imbottita di petardi e muore. Muore con il suo piccolo. La sua colpa? Aver cercato cibo. Avere fame. Il cibo che ha trovato le ha fatto esplodere la bocca e lo stomaco. Ma lei non se l'è presa con nessuno. Lei è fuggita andando a cercare rifugio in un fiume. Cercando sollievo in quelle acque che la dissetavano. E così è morta. Sola, in silenzio. Con in grembo un cucciolo che non vedrà mai la luce.

Qualcuno dirà che non si trattasse di un atto volontario diretto all'elefantessa ma che fosse una trappola per altri animali. Come se facesse differenza. Una vita è una vita. Finché non si comprende che tutto ciò che è vivo ha diritto di respirare senza soffrire, non potremmo dire di essere 'umani'.

Cosa stiamo diventando? Cosa siamo? Una pandemia non è bastata a indicarci la strada.

Noi, essere senzienti, non siamo in grado di comprendere quanto sia preziosa la vita.

Noi, che sogniamo di andare nello spazio, non siamo in grado di muovere un passo senza seminare morte e distruzione.

Perché? Chi ci autorizza?

Un fiume di gasolio

Russia. A pochi passi da Norilsk, un deposito di gasolio scarica più di 20 mila tonnellate di carburante in uno dei fiumi della zona, l'Ambarnaya. L'allarme arriva tardi, quando le tracce dello sversamento hanno già percorso 20 km, coprendo 350 km quadrati, arrivando al secondo fiume della zona, il Pyasina, che sfocia nel mar di Kara.
Sembrerebbe che i sostegni del serbatoio abbiano ceduto improvvisamente a causa di un riscaldamento del terreno. Terreno solitamente ghiacciato, ma con i cambiamenti del clima si stanno mettendo a dura prova le costruzioni che si reggono su pali infissi nel terreno.
In ogni caso, non si tratta di un episodio isolato, già nel 1994 si è verificato un incidente simile. Ma la cosa più preoccupante è che l'incidente venga denunciato due giorni dopo. Perché?

E quindi?

A questo punto, viene da chiederci dove stiamo andando. Quale sia la meta dell'umanità.

Riusciremo a trovare la strada? Riusciremo a riportare la vita al centro dell'Universo? O ci siamo già condannati, condannando anche i nostri figli, e i figli dei nostri figli, a sopravvivere senza avere la possibilità di vivere?

Davvero è questo che vogliamo? Davvero chiuderemo la porta in faccia all'umanità? O troveremo il coraggio per ricominciare? Per riportare l'armonia e la speranza?

E pensare che basterebbe poco, veramente poco. Una goccia nel mare che messe tutte assieme, potrebbero fare la differenza.

Riflettete sul futuro. Prendete in mano le redini del tempo e lasciatevi trasportare. Riportate il sole, dove le nubi di ghiaccio piangono per il dolore di una terra che arde. Riportate il sorriso sul volto di un bambino che rincorre un cerbiatto libero nei boschi. Riportate gli animali a potersi nutrire senza rischiare la vita.

Il mondo in fiore è meraviglioso. Il mondo non può finire così. Quello che deve finire è il disinteresse per il futuro. Il futuro siamo noi. Cerchiamo di essere migliori e tutto questo finirà.

Riflessioni

In un momento come questo è impossibile non soffermarsi su quanto i valori della vita siano trascesi. Quanto si siano persi gli ideali e ci sia allontanati da quelli che sono i veri fondamenti di un'esistenza oramai all'angolo.

Tutto il nostro correre alla ricerca del surplus, alla ricerca di ricchezze materiali e la sottomissione al dio denaro, ci porta a dimenticare quello che siamo. Siamo uomini, con le nostre debolezze, i nostri sentimenti, le nostre paure, i nostri dolori, ma, soprattutto, la nostra fragilità. Nessuna cifra ci metterà mai al sicuro dalle malattie e dalla morte. Nessuna residenza da favola ci proteggerà da una calamità naturale o da una rapina. Nessuna club esclusivo potrà sostituirsi agli amici, alla famiglia, agli affetti.

Siamo diventati incapaci di vivere il calore familiare, di amare, di creare una famiglia, di accettare un per sempre.

Stiamo uccidendo l'amore, in tutta la sua essenza, in tutto il suo essere, in tutte le sue forme.

Uomini che uccidono donne, madri che uccidono figli, figli che uccidono i genitori. Matrimoni di comodo, separazioni. I figli come pacchi da gestire con tate e istituzioni pubbliche.

Non esiste più il calore della famiglia riunita intorno a un tavolo. Era questa la festa, questa la magia. Non il tablet o il telefono di ultima generazione, non il vestito firmato o la Ferrari.

Tutto quello che sta succedendo mi fa molta paura e dovremmo tutti un po' riflettere su quello che stiamo perdendo, su quello che possiamo fare e quello che abbiamo fatto.

Questo non vuol dire rinunciare al progresso, alla scienza, al futuro. Ma nemmeno possiamo perdere il senso di umanità.

Questo virus ci ha costretti a tagliare i ponti, a chiudere fuori il mondo. La quarantena ci ha tolto la possibilità di frequentarci, ci ha tolto il contatto umano.

Questo, forse, ci servirà per capire come, qualcosa di semplice e scontato, possa mancarci, possa essere considerato importante e irrinunciabile. La vita stessa, data per scontata, sempre, può essere messa in discussione in un attimo.

Noi, tutti noi, siamo solo ospiti di questo Pianeta e sarebbe ora lo comprendessimo. Sarebbe ora che ci rimboccassimo le maniche e cominciassimo a porre rimedio a secoli di incuria e menefreghismo. Sarebbe ora di riconoscere che se dovessimo distruggere il sistema, noi non avremmo la possibilità di sopravvivere.

Quello su cui riflettere è il fatto che, in questi momenti di paura e isolamento, il sentire e il vedere l'aiuto che arriva da fuori confine, Cina e altri Stati, sempre bistrattati dagli Italiani è stato motivo di commozione per molti. Molti ricorderanno le famiglie Cinesi e i loro figli gridare "Forza Italia ce la farete". Molti ricorderanno il carico di mascherine giunto in territorio italiano. I respiratori e i medici. Loro si sono offerti di aiutarci, loro che ancora non erano fuori dall'incubo.

In questo momento di guerra globale totale, che interessa tutti, questa unione, questa collaborazione, mi hanno colpito positivamente, mi ha commosso, perché si è mostrata la voglia di farcela tutti insieme, al di là di ogni aspettativa.

Questo ci dovrebbe far riflettere, il fatto che tutti insieme si può vincere. Che bisognerebbe impiegare le proprie risorse e le proprie forze per uno scopo comune, perché questo Pianeta è la nostra casa e non possiamo distruggerlo.

Il mio pensiero è che questa pausa forzata ci aiuterà a riflettere su quanto accaduto. Sul valore del denaro, sui valori della vita.

Tutto questo è accaduto per un motivo. Ognuno lo interpreti come vuole. Volere Divino. Destino. Scelleratezza umana. Non importa. Ma sono certo ci conduca a una sola conclusione, che la vita va preservata e che l'unione fa la forza.

Si spera che dopo questa pandemia si rifletta sull'opportunità di sostenere la ricerca sulla genetica virale per creare virus letali (che sia stato o meno il fattore scatenante di questa pandemia).

Si valuti la prospettiva di una vita meno permeata di ricchezza materiale e più incentrata sui valori della vita.

E, soprattutto, che si cerchi la collaborazione piuttosto che lo scontro.

Ricordiamoci che le guerre scoppiano per due motivi, religiosi ed economici (per esempio per il petrolio) a cui si affianca la sete di potere.

E come ogni guerra, da questa pandemia, usciremo più forti e uniti con nuovi valori.

In questo momento di dolore e preoccupazione, la pausa ci ha portato un miglioramento dell'ambiente, con un drastico calo dell'inquinamento.

Tutto questo per augurarvi, e augurarmi, che quanto accaduto ci consenta di migliorare il nostro rapporto con la vita, con gli altri e con noi stessi.

Basta vivere per il profitto, per i soldi, per la casa al mare. E' il momento di dedicarsi alla famiglia e alla vita. Di bearsi per un abbraccio o per un sorriso. Di correre dietro a un pallone con i nostri figli o di passeggiare nella natura, la domenica mattina, mano nella mano con chi abbiamo di più caro.

Questo è l'augurio. La fine di un'epoca di conflitti, cospirazioni, ricchezze inutili e l'inizio del respiro di vita e di amore che da troppo tempo manca nelle nostre quotidiane battaglie per il domani.

Per informazioni sulle novità

www.carloferdico.it
info@carloferdico.it

Copyright © 2020 Carlo Ferdico

Tutti i diritti riservati. Sono vietati la traduzione, la riproduzione e l'adattamento totale o parziale, con qualsiasi mezzo.

ISBN 979-12-200-6844-4

www.ingramcontent.com/pod-product-compliance
Lightning Source LLC
Chambersburg PA
CBHW020923160726

47993CB00005B/2104